Rosemarie Keil

Ich strick mir einen Schal aus Zeit

Geschichten und Erinnerungen

Für meine Familie,
für Freunde und Weggefährten

Rosemarie Keil

Ich strick mir einen Schal aus Zeit

Geschichten und Erinnerungen

Inhalt

Man muss das tun im Leben,
was kein anderer für einen tun kann.
Edwin E. Dwinger

Woran man sich erinnert,
das kann nicht verloren gehen.
Siegfried Lenz

So eine Art von Glück –
Statt eines Vorworts

Schon seit Tagen hatte sie nach den richtigen Worten gesucht. Ganz gleich, was sie tat: Ihre neue Geschichte hielt sie fest umklammert. Immer wieder probierte sie in Gedanken diesen oder jenen Satz, aber als Einstieg schien ihr bisher keiner geeignet.

Jetzt war es mitten in der Nacht, doch das dumpfe Wort-Chaos in ihrem Kopf hielt sie immer noch wach. Das fahle Licht der Laterne vor dem Fenster erinnerte sie an irgendetwas. Sie spürte, dass es mit ihrer Geschichte zu tun haben musste, aber was nur, was ...

Und dann, ganz langsam, verzogen sich die Nebelfetzen in ihrem Kopf. Nun kamen Worte zum Vorschein: ihre Worte!

Sie sprang aus dem Bett, suchte ungeduldig nach einem Stift und Papier. Die altbekannte Angst trieb sie, dass dieser Satz wieder im Dunkel der Nacht verschwinden könnte, bevor er auf dem Papier stand, so wie es ihr schon manchmal ergangen war. Sie hatte sich eilig eine Jacke übergeworfen und saß nun im Schein des kalten Laternenlichts. Ihre Lampe wollte sie nicht einschalten, um diese geheimnisvolle Atmosphäre nicht zu zerstören.

Und nun schrieb sie. Die Finger konnten dem Tempo ihrer Gedanken kaum folgen. Dann stand er da, ihr erster Satz; so, wie sie ihn sich vorgestellt hatte. Plötzlich, wie von Zauberhand geführt, flog der Stift weiter über das Blatt. Der zweite, der dritte und auch der vierte Satz, alles fügte sich zu einem harmonischen Ganzen.

Endlich ließ sie den Stift sinken und atmete erleichtert auf. Ihr Herz hüpfte freudig in einem schnelleren Takt, und die Grübelfalten auf der Stirn waren auf einmal verschwunden. Für einen Moment huschte ein glückliches Lächeln über ihr Gesicht.

Ja, so könnte es gehen.

Verwurzelt und verwoben

Familiengeschichten

Halb zwölf in der Rinnengasse

Nein, *mit dem Glockenschlage zwölf*, so wie Goethe, bin ich nicht geboren; aber doch immerhin *halb* zwölf. Jener 12. Februar 1951, ein Montag, muss ein frostklirrender, schneereicher Tag in Sachsen gewesen sein; so ziemlich der einzige „Reichtum", den meine Eltern als kleine Verwaltungsangestellte im Rathaus damals hatten.

Sie wohnten zur Untermiete bei Frau Müller, einer netten, alten Dame, im 1. Stock der Freiberger Rinnengasse 1, unweit des Obermarktes. Die beiden Zimmer lagen zur Straße zu: Das eine hatte zum Heizen nur einen Herd und wurde deshalb im Sommer als Wohnküche genutzt; das andere, kleinere, war sogar mit einem Kachelofen gesegnet und winters das Wohnzimmer. Das Leben in diesen beiden Räumen muss sehr unruhig gewesen sein, denn zweimal im Jahr hieß es: mit Sack und Pack umziehen! Nämlich mit Winterbeginn von der Küche ins Schlafzimmer und vom Schlafzimmer in die Küche – nur der Öfen wegen.

Mein Geburtszimmer war, aufgrund des Herdes, die eigentlich schlechter beheizbare Küche, aber es wurde ja genügend heißes Wasser gebraucht. Meine Tante Hanni, Vaters Schwester, war schon seit dem Vorabend da. Sie holte dann, als es langsam „ernst" wurde mit mir, in Windeseile die Hebamme, Frau Felgner, von der Annaberger Straße und dann unsere „kleine Oma" aus ihrem sehr bescheiden eingerichteten Dachstübchen in der

13

Schmiedestraße. An ein Telefon in der Wohnung oder wenigstens in der Nachbarschaft war damals noch nicht einmal zu denken. Ich sehe meine ostpreußische Oma Emma vor mir, wie sie mit ihren kurzen, krummen Beinen an Tantes starkem Arm durch die verschneite Eherne Schlange Richtung Innenstadt schaukelt; ihr einziges reinwollenes Kopftuch von Bruder Fritz aus Westberlin tief in die Stirn gezogen und unterm Kinn geknotet. „Gott's Nomke", wird sie wohl vor sich hin gemurmelt haben, denn schließlich wurde sie zum ersten Mal Oma. Diese Worte sollte ich später noch oft von ihr hören.

Mein Vater Heinz wurde kurz vor dem entscheidenden Moment energisch von der Bildfläche verbannt und ins Nebenzimmer abkommandiert. Schließlich war das hier jetzt reine Frauensache! Womit er sich da wohl die Zeit vertrieben hat? Vielleicht saß er, nervös mit den Fingern trommelnd, auf dem alten, kippligen Nussbaumstuhl; eingeklemmt zwischen Schrank und Fensterbrett, das man seiner Tiefe wegen so wunderbar als Tisch benutzen konnte. Später verbrachte ich hier unzählige Stunden in meinem zum x-ten Mal reparierten und von Großvater Otto neu gestrichenen Hochstühlchen, während ich begeistert mit Muttis Knopfsammlung spielte. Aber noch war es nicht so weit …

Nach Stunden schließlich durfte Vater mich, blitzeblank und mit schwarzen, zur „Sahnerolle" hochgebürsteten Haaren, endlich in meinem rüschenbesetzten Steckkissen bewundern und natürlich auch zum ersten Mal fotografieren. Dann machte er sich schnurstracks mit seinem hölzernen Gehstock auf den Weg zum kleinen Blumenladen um die Ecke auf der Petersstraße und ergatterte doch tatsächlich einen Alpenveilchentopf, den er meiner Mutter Eva stolz überreichte. Mir gefielen diese Blumen wohl nicht so sehr: Ich brüllte. Noch Jahre und Jahrzehnte später konnte ich mich für Alpenveilchen kaum begeistern, da sie mir Jahr für Jahr, nur etwas in der Farbschattierung variierend, als „Überraschung" auf dem Geburtstagstisch präsentiert wurden. Gebrüllt habe ich da bei ihrem Anblick allerdings nicht mehr, höchstens ganz leise und heimlich geseufzt. Wie sehr genieße ich es dafür jetzt, wenn an meinem Geburtstag Wohnzimmer und Diele zu einem richtigen kleinen Frühlingsgärtchen werden, und wenn es nach Narzissen, Hyazinthen und Fresien duftet! Im Februar 1951, und noch dazu im Osten Deutschlands, absolut unvorstellbar.

Am 13. Mai des gleichen Jahres allerdings war unsere erste kleine Wohnung in der Rinnengasse, dank Frau Müllers Beziehungen, üppig mit roten Rosen geschmückt, extra für *Rose*marie! An diesem Tag wurde ich in der Kirche St. Petri zu Freiberg getauft. Für die Bowle zur Feier erstanden meine Eltern im kleinen Gemüseladen am Obermarkt „unter dem Ladentisch" zwei Flaschen Mehrfruchtwein. Auf die Frage des Verkäufers, ob er sie zum Transport in Zeitungspapier einwickeln solle, antwortete mein Vater, dass dies unnötig sei, denn sie hätten den Wagen draußen. Der Verkäufer „dienerte" daraufhin meine Eltern ehrfürchtig bis zur Tür. Wenn er gewusst hätte, dass „der Wagen" nur mein alter, hochrädriger Kinderwagen war!

Als Taufpaten wurden die Geschwister meiner Eltern eingeladen: von Vaters Seite Tante Hanni, von Seiten meiner Mutter Tante Heta, Onkel Erich und Onkel Horst. Mutters Bruder Horst war extra aus dem Westen, aus Wuppertal, über die „Zonengrenze" angereist. Für den festlichen Anlass bekam ich ein feines, gesmoktes Kleidchen, das Mutti selbst genäht hatte. Dieses Unikat wäre heute wieder ganz modern!

Meinen Taufspruch habe ich übrigens erst 1997 selbst gelesen, als ich mir für meine bevorstehende Konfirmation ein Duplikat der Taufurkunde ausstellen ließ. Aber das ist schon wieder eine andere Geschichte. Mein Taufspruch steht in Psalm 143, Vers 10:

Lehre mich, deinen Willen zu tun, denn du bist mein Gott.
Dein guter Geist leite mich auf ebenem Pfad.

Über diesen Spruch und meinen bis heute bei weitem nicht immer ebenen Lebenspfad lohnt es sich, einmal in Ruhe nachzudenken und einiges dazu aufzuschreiben. Damals, zur Taufe, ging es mit den ersten kleinen „Unebenheiten" schon los, denn Pfarrer Spranger wollte mich doch tatsächlich als Heinz Erich (wie mein Vater hieß) taufen! Aber alle Verwandten müssen ihn vereint wohl so entsetzt angestarrt haben, dass er seinen Irrtum erschrocken bemerkte und korrigierte. Und so durfte ich doch Rosemarie bleiben.

Vier Jahre alt

Von meinem vierten Geburtstag an bekam ich von unserer „Oma mit Brille", der Mutter meines Vaters, jeden Monat eine kleine „Rente": zunächst eine Mark, in späteren Jahren dann bis zu zwanzig Mark. Das war nur möglich, weil Oma wegen ihrer schlechten Augen eine etwas höhere Rente bezog. Ich war unheimlich stolz auf meine Reichtümer, aber auch ein wenig traurig, da das Geld in gewissen Zeitabständen auf mein Postsparbuch eingezahlt wurde. Dort war es für mich ja zunächst einmal verschwunden. Erst ein paar Jahre später, als ich fast schon zu groß dafür war, konnte ich mir damit einen Kindertraum erfüllen und einen Luftroller kaufen: chromglänzend, rotgeflammt und mit schwarzem Ledersitz. Leider befand sich dieser Sitz fest verschraubt über dem Hinterrad und ließ sich nicht hochklappen wie der meines Freundes Hans-Jürgen. Dafür hatte das Geld nicht gereicht. Aber immerhin brauchte ich mich nun nicht mehr vorn auf das Trittbrett seines Rollers zu hocken, um mitfahren zu können, sondern konnte selbst in unserem Viertel umhersausen.

Meine andere Oma, genannt „die kleine Oma", bekam nur Mindestrente. Ihr Rentenzahltag ist mir noch heute als ein kleines Fest in Erinnerung. Am frühen Vormittag zogen wir beide los zum Rathaus, wo im Kultursaal die Rente ausgezahlt wurde. Gemeinsam reihten wir uns in die Schlange vor dem Schalter *Familiennamen SCH* ein, zählten die wenigen Scheine und die

Münzen aus Aluminium nach und verstauten alles sorgfältig im abgeschabten, braunen Portemonnaie.

Und dann kam das Schönste: In erwartungsvoller Vorfreude lief ich mit Oma schräg über den Obermarkt zum Spielzeuggeschäft „Flax und Krümel". Bei dieser Namensgebung hatten zwei beliebte DDR-Fernsehfiguren der 1950er- und 60er-Jahre Pate gestanden. Wir besaßen zwar damals zu Hause kein Fernsehgerät, aber zu Kindersendungen lud mich Hans-Jürgens Familie, die über uns wohnte, oft ein. Im „Flax und Krümel" durfte ich mir am Rententag immer eine Kleinigkeit aussuchen: ein Malheft, Luftballons, bunte Murmeln, einen Ausschneide-Bastelbogen oder einen neuen Kreisel für das Spielen vor unserem Haus. Mit Vorliebe wählte ich solche Dinge, mit denen ich noch lange etwas anfangen konnte. Als weiteren Höhepunkt des Tages kochte mir Oma eines meiner Lieblingsgerichte: Plinsen (Oma sagte in ihrer ostpreußischen Mundart *Flins*), Apfelklöße (*Äppelkielkes*) oder Kartoffelbrei mit Spiegelei. Und zum nachmittäglichen „Blümchen-Kaffee" (Malzkaffee) gab es selbstgebackenen Kuchen, mitten in der Woche!

Ob es wohl heute in unserem Land noch viele Kinder gibt, die solch kleine Feste kennen und zu schätzen wissen? Ich habe da so meine Zweifel. Es muss ja meist alles im Überfluss geben und ist nie gut, schön, schnell oder groß genug. Freunde erzählen oft, dass sie gar nicht mehr wüssten, womit sie ihren Enkeln noch eine Freude machen könnten; sie hätten ja schon alles. Schränke und Regale im Kinderzimmer platzten aus allen Nähten.

Apropos Schränke. Da drängt sich mir gerade eine Frage auf, die mich schon oft beschäftigt hat: Brauche *ich* all die vielen Dinge, die ich im Laufe der Zeit angehäuft habe? Da war es in meiner Kindheit doch wesentlich übersichtlicher bei uns zu Hause!

Kindheit

Kindheit ist wie
ein nie versiegender Märchenbrunnen,
aus dem man sein Leben lang schöpfen kann.
Doch man muss darüber wachen,
dass ihn niemand zuschüttet.
Denn dann erlischt der Zauber,
und die Welt wird ärmer und kälter.

Sommer-Waschtag

Vor kurzem fiel bei uns ohne Vorwarnung der Strom aus, und ich hatte gerade jede Menge Wäsche in der Maschine und im Trockner! Was nun? Musste ich mich etwa per Hand abmühen, um alles sauber und trocken zu bekommen? Zum Glück konnte der Schaden nach einigen Stunden behoben werden, und aus meinem Keller tönte wieder ein munteres Rumpeln und Brummen. Dankbar empfand ich es jetzt sogar fast wie Musik.

Während ich erleichtert die Treppe wieder hinaufstieg, tauchten plötzlich Erinnerungen an meine Kindheit vor mir auf. Damals habe ich noch Waschtage wie aus einem alten Bilderbuch kennengelernt: mit Waschbrett, Wringmaschine und *Mentrus*, einem langen, stabilen Holzstab. Vielleicht hat meine ostpreußische Oma diesen Begriff aus ihrer Heimat mitgebracht, denn hier kennt ihn wohl niemand, nicht einmal „Herr Google". Alle sechs Wochen schrieb sich jede Familie aus unserem Haus für drei Tage in den Waschhaus-Kalender ein. Dazu gehörte auch, dass man den *Bleichplan*, so hieß die Wiese zum Bleichen und Trocknen der Wäsche, und bei schlechtem Wetter den Dachboden benutzen durfte. Alles musste schließlich seine Ordnung haben, wie es schon immer war.

In den Sommermonaten waren die Waschtage stets ein kleines Fest für mich. Am Abend vor dem eigentlichen Beginn wurde die Wäsche in großen Holz- und Zinkwannen mit einem speziellen

Pulver eingeweicht und mit dem *Stamper* ab und zu *untergestukt* (untergetaucht), wie Oma in ihrer Mundart immer sagte. In jenen Jahren half sie uns meist bei der großen Wäsche.

Der *Stamper* heißt eigentlich korrekt Stampfer, aber das sagte man wahrscheinlich weder in Ostpreußen noch in Sachsen. Diese Hilfsmittel gab es in verschiedenen Formen, wobei unserer sehr einfach war: eine Art hohler Kegel aus Zinkblech mit einem langen Holzstiel zum Anfassen. Heute kann man so ein Teil bei Ebay als „antike Vintage Deko" bekommen, mit empfohlenem Verwendungszweck als Toilettenpapier-Halter! Doch zurück in die Mitte der 50er-Jahre.

Am richtigen ersten Waschtag wollte ich, so wie alle, schon um fünf Uhr aufstehen und war maßlos empört, wenn mich die Großen länger schlafen ließen. So hatte ich doch bereits eine Menge verpasst! Schnell schlüpfte ich in meine kleinen Gummistiefel und rannte auf den Bleichplan. Das war eine etwas erhöht gelegene Wiese in unserem Hof hinter dem Haus, die nur für die Wäsche benutzt werden durfte. Dort zu spielen war für uns Kinder völlig undenkbar: Da hätten wir ja das Gras zertrampelt!

Aber zum Waschtag durfte ich hinauf. Also lief ich eilig zu meinem kleinen, schon bereitstehenden Wäschekörbchen mit den aus der Einweichlauge herausgefischten Geschirr- und Taschentüchern. Die legte ich nun ausgebreitet, fein säuberlich in Reih und Glied, auf den Rasen. Das war gar nicht so einfach, denn ich musste daran denken, Gänge zu lassen, durch die ich später zum Begießen der Tücher entlanglaufen konnte. Gegossen wurde mit dem Schlauch oder einer Gießkanne. So, nun musste die Sonne kräftig scheinen und alle Flecken aus der Wäsche herausziehen. Eifrig goss ich immer wieder und war manchmal selbst klitschenass. Dann kam Mutti mit ihren schweren *Holzklumpern* angeklappert, einer Art Pantoffeln mit dicker Holzsohle, und beorderte mich gleich zum Umziehen.

Wenn die Wäsche lange genug in der Sonne gelegen hatte, wurde sie wieder eingesammelt und in den großen, gemauerten Waschhauskessel zum Kochen gesteckt. Darunter prasselte schon ein munteres Feuerchen. Manchmal, wenn es schwül war und der Schornstein nicht richtig zog, qualmte es furchtbar. Wir mussten alle husten und rochen wie die Räuchermännchen zu Weihnachten.

Nach dem Kochen wurde die heiße Wäsche mit dem Mentrus aus dem Kessel geangelt und, falls nötig, noch auf dem Waschbrett geschrubbt. Kein Wunder, dass Muttis Fingerknöchel oft ganz wund gescheuert waren. Nach dem Waschbrett trat an der ersten Wanne mit kaltem Wasser der Stamper in Aktion, und hier war endlich wieder eine Aufgabe für mich. Mit aller Kraft erfasste ich den dicken Holzstiel und stampfte auf die Wäsche ein, dass es nur so schwabbte. Zum weiteren Spülen wanderte sie anschließend mittels Mentrus-Stab von einer Wanne zur nächsten.

Zum Schluss war die Wringmaschine an der Reihe, die meist von Oma gedreht wurde. Eigentlich war das ja gar keine richtige Maschine, sondern ein Apparat aus Walzen und einer Kurbel, der das Wasser aus den Wäschestücken herauspressen sollte. Mir gab es immer Spaß zu sehen, wie die „steifen Männeln" zwischen den Rollen zum Vorschein kamen, wo ich sie abnehmen und in den Korb legen durfte. Jetzt waren sie ja längst nicht mehr so schwer.

Aufgehängt wurde meist erst am nächsten Tag. Ich bekam auf halber Höhe zwischen den Wäschepfählen auch eine Leine gespannt, wo ich ganz allein alle Taschentücher der Familie und meine Puppenwäsche aufhängen durfte. Vor lauter Stolz war ich bestimmt zwei Zentimeter größer! Wenn wir Glück hatten und einen sonnigen Tag erwischten, genoss ich es zuzusehen, wie die Wäsche lustig im Wind flatterte; wie ein Ärmel das nächste Hemd umarmte oder sich die Hosen dick aufplusterten. Manchmal träumte ich auch nach getaner Arbeit still vor mich hin; beobachtete, wie sich ein Schmetterling oder ein Käfer auf einem gelben Wäschestück niederließ. Gern pflückte ich mir auch Blumen für ein Kränzchen.

Wenn dann der Ruf zum Mittagessen ertönte, musste ich erst langsam aus meinem Reich wieder auftauchen, um mich in der Erwachsenenwelt zurechtzufinden. Darüber, dass es an Waschtagen nur Butterbrötchen und Kakao oder Grießbrei (ohne Batzen!) mit Erdbeeren gab, war ich überglücklich. Da wurde ich wenigstens nicht wie sonst dauernd ermahnt, doch endlich aufzuessen.

Aber das Schönste an der großen Wäsche kam ganz zum Schluss, wenn alles trocken und zusammengelegt war und nur noch auf die Wäscherolle, auch Mangel genannt, wartete. Dann stand uns endlich ein Badefest im Waschhaus bevor! Die große Zinkbadewanne, die sonst wöchentlich zum Baden in der Küche aufgestellt wurde und anschließend mühsam leergeschöpft werden musste, war nun zum ungehinderten Planschen und Spritzen da! Endlich brauchte ich mich einmal nicht in Acht zu nehmen, und warmes Wasser war auch genug im Kessel.

Nur eins verstand ich damals überhaupt nicht: Wenn die Großen badeten, verhängten sie alle Waschhausfenster ganz sorgfältig mit großen Tüchern, damit ja kein auch noch so kleiner Spalt blieb. Warum bloß?

Kinderglaube

Wie die meisten Kinder damals, spielten wir auf unserem grünen Hof mit Begeisterung *Hochzeit*. Um die begehrte Brautrolle gab es zwar manchmal Streit, weil wir *zwei* Mädchen und ein Junge im gleichen Alter waren. Aber wir einigten uns schließlich so, dass jede von uns abwechselnd Braut oder Blumenstreu-Mädchen spielte.

Als ich fünf Jahre alt war, erfuhr ich von der bevorstehenden Hochzeit meiner Tante und freute mich schon auf das echte Blumenstreuen. In meiner Fantasie malte ich mir alles ganz genau aus: Mutti würde mir ein helles Kleid mit Spitzen nähen, ich bekäme ein Blumenkränzchen aufs Haar, und meine langen Zöpfe wollte ich mit großen, weißen Schleifen zu „Affenschaukeln" gebunden tragen. Das geflochtene Weidenkörbchen würde ich ganz allein blitzblank scheuern und mit vielen bunten Blüten füllen, die es bei unserem Gärtner um die Ecke kostenlos gab.

Wie oft hatte ich schon auf dem Marktplatz sehnsüchtig zugesehen, wie andere Mädchen und Jungen, vor dem Brautpaar her laufend, Blüten in allen Farben auf die Rathaustreppe regnen ließen. Und nun endlich sollte ich selbst ein richtiges Blumenstreu-Mädchen sein!

Lange Zeit hörte ich nichts mehr von Tantes Hochzeit, aber ich wartete geduldig. Abgelenkt wurde ich dadurch, dass ich inzwischen ein Brüderchen bekommen hatte. Jetzt war ich doch die

Große! Dann, an einem stürmischen Spätherbsttag, besuchte ich mit Vati unsere „kleine Oma", die in einem alten Mietshaus ganz oben unterm Dach wohnte. Ich hatte es mir auf der abgeschabten, braunen Fußbank gemütlich gemacht, direkt neben Omas Ofensessel, und Vati saß am großen, runden Tisch. Noch heute habe ich jede Einzelheit ganz deutlich vor Augen.

Ich weiß nicht, ob es Unachtsamkeit oder Absicht der Erwachsenen war. Jedenfalls las Vati einen Brief von Omas Schwester aus dem Rheinland vor, in dem auch etwas von der „kürzlich gefeierten Hochzeit" meiner Tante geschrieben stand ...

Ich brachte noch, ungläubig und zutiefst erschrocken, eine Gewissheit fordernde Frage hervor. Im gleichen Moment entdeckte ich auf Omas Kredenz links neben mir das Hochzeitsfoto, von Oma wohl etwas nach hinten gerückt. Dann traf mich zum ersten Mal mit voller Wucht dieses fast vernichtende Gefühl des Ausgeliefertseins und der bitteren Enttäuschung. Warum nur hatten mich alle so klammheimlich hintergangen?

Wie ich später erfuhr, waren der auf den Tag der Geburt meines Bruders vorverlegte Hochzeitstermin und die trotzdem ausgesprochene Einladung an meine Eltern die Ursache für ein Jahrzehnte währendes Zerwürfnis der beiden Geschwisterfamilien. Damals jedoch, niedergeschlagen auf meiner Fußbank hockend, war für mich bereits ein Stück unbeschwerter Kindheit vorbei.

Beinahe dreißig Jahre später sollte sich mein Kindheitstraum dann doch noch erfüllen, wenn auch auf eine etwas andere Weise. Als mein Bruder Hochzeit feierte, war unsere Tochter fast genauso alt wie ich es damals in jenem unseligen Herbst Mitte der 1950er-Jahre war. In einem hellen Kleid und mit Blumenkränzchen auf dem kurzen, blonden Haar streute sie stolz ihre Blüten in hohem Bogen auf den Weg des Brautpaars. Und am Abend, als die kleine Kapelle spielte, tanzten wir beide übermütig durch den Saal, bis uns die Puste ausging und wir lachend in einen Sessel fielen.

Rauchzeichen

Als ich an jenem gewittrig-schwülen Abend in Tantes sonst so gemütliche Wohnküche trat, schlug mir rauchige Luft entgegen. Ein Herdfeuer bei dieser Hitze? Verständnislos sah ich mich um. Auf dem mit Wachstuch bespannten Küchentisch stand der alte braune Schuhkarton aus Omas Vertiko. Ich erkannte ihn sofort: *Stiefel Boxcalf, schwarz, Größe 40.* Mir stockte der Atem. Ich stieß den Deckel herunter – der Karton war halb leer! Ein ganzer Teil der alten Dokumente, Fotos und Erinnerungsstücke fehlte!

Wie oft hatte Oma mir in meiner Kindheit *von früher* erzählt und dabei Bilder aus diesem Karton gezeigt. Eins war dabei, das ich besonders liebte: Oma saß als junges Mädchen in einer Runde von Handarbeitsschülerinnen, alle über eine Stickarbeit gebeugt und mit weißen, gestärkten Schürzen …

Mit zwei hastigen Schritten war ich an dem weiß-emaillierten Küchenherd und riss die Feuertür auf. Gierige Flammen verschlangen genüsslich die Papiere, die man ihnen zum Fraß vorgeworfen hatte. Ein Fetzen weißer Asche fiel auf das schwarze Ofenblech. Als ich ihn mit dem Finger berührte, zerfiel er zu Staub.

Ich konnte es nicht fassen und ließ mich auf einen Stuhl fallen. Von Tantes berühmtem Streuselkuchen mit den saftigen, geraspelten Äpfeln brachte ich jetzt keinen Bissen herunter. Ich wollte es nicht wahrhaben, dass ich zu spät gekommen war.

Oma hatte mir immer wieder versprochen, dass ich einmal ihre Andenken erben würde. Und irgendwann wollte ich über all das schreiben! In der Küche war es jetzt bedrückend still. Meine Tante strich verlegen die Fransen eines Kissens glatt.

Das alte Zeug wäre doch zu nichts mehr nütze; damit habe sie niemanden belasten wollen, sagte sie leise.

Unsere damals siebenjährige Tochter kritzelte etwas in ein Büchlein. Als ich genauer hinsah, erkannte ich Großvaters Arbeitsbuch. Wortlos und müde nahm ich es ihr aus der Hand und legte es zu den Resten im Schuhkarton. Dabei entdeckte ich ein Foto von Großvater. Er stand, mit einer Arbeitsschürze bekleidet, in seinem Garten und streckte mir ein Pflanzholz entgegen. Großvater ...

Das Foto verschwamm vor meinen Augen, und aus dem Pflanzholz wurde unversehens ein langer, dicker Bleistift. Großvaters freundlich, etwas skeptisch blickende Augen hinter den runden Brillengläsern schienen auf mich gerichtet zu sein. Mir kam es so vor, als wollte er mir mit dem Stift etwas sagen. Vielleicht: „Na, was ist, fängst du nun endlich an?"

Entschlossen legte ich den Deckel auf und klemmte mir den immerhin noch halb vollen Karton unter den Arm. Die Tür ließ ich viel zu laut ins Schloss fallen, und gleich darauf tat es mir leid. Inzwischen hatte sich das Gewitter über der Halde verzogen. Die milde Luft roch nach Äpfeln, Erde und bis in die Nacht hinein nach kaltem Rauch.

An einem Samstag im Oktober

Otto Ufer ging mit schweren Schritten die knarrende Holztreppe hinunter. Es schien so, als ob alle Last der vergangenen Wochen auf seinen Schultern ruhte. Rosa hatte ihm schnell noch, zum wievielten Mal eigentlich, einen Riss im ständig dünner werdenden Jackenärmel geflickt.

Dass sie ihre Familie trotz aller Armut immer sauber und ordentlich kleiden konnte, war ihr ganzer Stolz. Nachdenklich setzte sie sich für einen Moment auf den abgewetzten, linoleum-belegten Küchenstuhl. Otto hatte ihr diesmal zum Abschied sogar mit einem Finger flüchtig die Wange gestreichelt, ihren zaghaften Versuch einer Umarmung jedoch verlegen abgewehrt. Rosa ließ ihn heute, an diesem 27. Oktober 1923, besonders ungern aus dem Haus gehen. Es hatte schon die ganze Woche über Unruhen in der Stadt gegeben, und die Schwarze Reichswehr patrouillierte wie eine Bedrohung durch die Straßen. Sogar Hausdurchsuchungen sollte sie vorgenommen haben. Aber Otto ließ sich, eigensinnig wie er war, nicht zurückhalten. So blieb Rosa mit der achtjährigen Johanna, dem kleinen Franz und all ihren Sorgen und Ängsten allein zurück.

Energisch trat Otto aus dem Haus, und wie immer blickte er als erstes zornig auf die Werkstatt des Hausbesitzers im Hof. Alle Frauen seiner Mieter mussten dort vormittags unentgeltlich schwere Arbeit verrichten. Aber Rosa betreffend hatte er, Otto, dies nun ein für allemal verboten. Hoffentlich rächte sich der Vermieter nicht irgendwann dafür.

Zügig ging der Familienvater die Hainichener Straße hinunter. Dieser Oktobersonnabend war ein schöner, sonniger Herbsttag, aber doch schon etwas kühl. Fröstelnd stellte er den Kragen seiner dünnen Jacke hoch. Er überquerte die Leipziger Straße und ging dann durch den Albertpark in Richtung Hindenburgplatz. Das trockene Laub raschelte unter seinen Füßen, und ab und zu bückte er sich nach den braun glänzenden Kastanien. Die wollte er Hanni zum Basteln mitnehmen, abgebrannte Streichhölzer dafür hatte er schon gesammelt.

Wieder musste er an Gertrud denken, die im vorigen Herbst diese prallen, runden Früchte in ihren ungelenken, kleinen Händen gehalten hatte. Ihre sonst so stumpf blickenden braunen Augen bekamen dabei sogar ein wenig Glanz. Ja, Gertrud ... Vor wenigen Wochen war seine von Geburt an schwerbehinderte Tochter an einer Lungenentzündung gestorben. Auch wenn das Kind weder laufen noch sprechen konnte, hatten es alle gern gehabt und beim Betreten der Wohnung immer zuerst nach Gertrud gesehen. Besonders für Rosa war es schlimm gewesen. Was Otto jedoch am meisten bedrückte, war, dass er wegen seiner anhaltenden Arbeitslosigkeit nicht einmal Geld gehabt hatte, um seine Tochter ordentlich mit einer kleinen Feier begraben zu können. Spät abends, im Dunkeln, hatte er sie in ihrem alten Kinderwagen selbst zum Friedhof bringen müssen ...

Otto wischte sich mit einer entschlossenen Handbewegung über das Gesicht, so als wollte er die schweren Gedanken vertreiben. Jetzt galt es, dafür zu sorgen, dass seine Familie etwas zu essen bekam. Die karge Unterstützung, die er erhielt, reichte im Moment noch gerade so für etwas Brot. Aber selbst da musste man sehr schnell mit den Taschen voller Scheine zum Bäcker laufen, denn sonst war das Geld schon wieder weniger wert. Im Vormonat bekam man 500 Gramm Brot noch für 1,5 Millionen Reichsmark und jetzt musste man dafür schon 500 Millionen bezahlen! Viele Kinder waren unterernährt, und Heizmaterial für den bevorstehenden Winter war für die zahlreichen Arbeitslosen in Freiberg nahezu unerschwinglich.

Nein, so konnte es nicht weitergehen! Hinzu kam, dass sich etliche Frauen mit ihren Kindern allein durchschlagen mussten, weil die Männer im Krieg geblieben waren. Da hatte er noch Glück gehabt mit seiner Fußverletzung bei Verdun, die ihn vor Schlimmerem bewahrt hatte. Martha, die Schwester seines Freundes Karl, war seit dem „Heldentod" ihres Mannes 1915 allein. Als Karl dann seine Frau durch eine schwere Krankheit verlor, zog er zu Martha und teilte seinen mageren Lohn mit ihr. Da Karl jedoch, genauso wie Otto, Sozialdemokrat war, zählte auch er stets zu den ersten Entlassenen.

Aber Karl hatte immer gute Ideen. Vielleicht wusste er einen Rat, wie es weitergehen könnte. Oder er hatte am Vortag bei der Sitzung in der „Union", dem Versammlungslokal der Freiberger Arbeiter, etwas Neues erfahren. Otto musste sich jetzt beeilen, denn er wollte sich mit Karl am Postplatz treffen. Da rissen ihn seltsame, ihm bekannte Laute aus seinen Gedanken. *Klingt wie Schüsse!*, dachte er beunruhigt.

Inzwischen hatte er den Hindenburgplatz erreicht und bog in die Schillerstraße ein, die heute von Lärm und Geschrei erfüllt war. Es musste etwas passiert sein! Da kam ihm eine Gruppe von Menschen in panischer Angst entgegengerannt.

„Zurück! Die Reichswehr hat geschossen!", rief ihm jemand mit schreckgeweiteten Augen zu. Aber Otto musste weiter, da vorn irgendwo war doch Karl! Als er sich dem Kornhaus näherte, stockte ihm der Atem. Auf der gegenüberliegenden Seite, direkt an der Ecke vor dem Café „Reichskanzler", sah er sie liegen: mehr als ein Dutzend Menschen, erschossen, einfach so. Wenn Rosa nicht noch seinen Ärmel geflickt hätte und er ein paar Minuten früher hier gewesen wäre ...

Doch dann glaubte Otto, dass eine eisige Faust nach seinem Herzen griff. Ohne nachzudenken, rannte er zu den Getroffenen auf die andere Straßenseite hinüber und fiel vor einem von ihnen auf die Knie. Karl, ja, es war tatsächlich Karl ...

Er beschwor einen vorübereilenden Sanitäter, ihm doch zu helfen – aber der schüttelte nur resigniert den Kopf.

Plötzlich schrie jemand: „Sie kommen wieder!"

Und da sah man sie auch schon gefechtsmäßig die Schillerstraße hinunter marschieren, in der Mitte der ersten Reihe ein Maschinengewehrschütze. Oskar, der Arbeitersamariter, lief mit der Rot-Kreuz-Fahne auf die Soldaten zu, um weiteres Unheil zu verhindern. Als auch er blutüberströmt auf die Straße stürzte, sprang Otto auf. Doch da wurde, ganz dicht neben ihm, ein halbwüchsiger Junge, fast noch ein Kind, ebenfalls getroffen und fiel vornüber auf das Pflaster.

Otto gelang es wie durch ein Wunder, unversehrt um die Ecke in den Roten Weg zu fliehen. Von dort aus rannte er gedanken- und blicklos immer weiter weg von diesem grauenvollen Ort, bis er sich irgendwann am Tivoli wiederfand. Wie er dahin gekommen war, hätte er nicht sagen können.

Er lehnte sich erschöpft einen Moment mit dem Rücken gegen die schorfige Rinde eines alten Baumes gegenüber und versuchte, wenigstens etwas zur Ruhe zu kommen. Wie es nun bloß weitergehen sollte? Ohne Karl? Und Martha stand jetzt ganz allein da! Rosa und Martha verstanden sich gut; sicher würde Rosa ihr nach Kräften helfen. Und vielleicht könnte er ja von Vaters streng gehüteten Erntevorräten aus seinem Garten ab und zu ein paar Kartoffeln oder ein Stück Kürbis für Martha erbitten. Irgendwie musste es doch auch für einen Esser mehr reichen!

Endlich gelangte Otto zum Haus in der Hainichener Straße 48, das ihm jetzt wie eine schützende Zuflucht vorkam. Und als Rosa die Tür öffnete und ihm erleichtert um den Hals fiel, ließ er es diesmal sogar geschehen.

Die Feier
„Vor dem Meißner Tor"

Nach den milden Oktobertagen ist es nun empfindlich kühl geworden. Durch den zeitigen Frost hat der wilde Wein an unserem Haus buchstäblich über Nacht sein von mir so geliebtes, rotflammendes Kleid abgelegt. Traurig gehe ich durch den Garten, um wenigstens noch ein paar Blumen für die kleine, blau-weiß getupfte Keramikvase zu finden, ein Erbstück meiner Tante. Der Kalender zeigt immerhin den 31. Oktober, und zu dieser Zeit kommen Nachtfröste in unserem Tal leider öfter vor.

Dann stutze ich – der 31. Oktober? Das ist doch Großmutters Geburtstag! Seit fast fünfzig Jahren lebt sie nun nicht mehr. Während ich gedankenverloren auf meine etwas jämmerlich wirkenden Blüten sehe, reißt plötzlich die graue Nebelwand in meiner Erinnerung auf, und mir fällt Tantes fast vergessene Erzählung von Großmutters 60. Geburtstag wieder ein. Damals, vor mehr als sieben Jahrzehnten, bereitete mein Großvater Otto seiner Rosa eine ganz besondere Überraschung …

Otto mühte sich im gepachteten Garten nahe der Reichen Zeche, für Rosa einen passablen Strauß zu binden. Zu viele Blumen waren schon erfroren. Aber mit den bunten Winterastern, ein paar verspäteten Ringelblumen und einigen filigranen Gräsern gelang es ihm schließlich doch. Nur gut, dass er die späten Hauspflaumen und Winteräpfel, die Kartoffeln und den Kürbis gerade noch rechtzeitig ernten konnte. Wo alles doch so dringend gebraucht wurde! Auch wenn die Versorgung mit Lebensmitteln in diesem ersten Nachkriegsherbst besonders schwierig war und es fast nichts zu erschwinglichen Preisen zu kaufen gab: Wenigstens ein bisschen wollten sie Rosas runden Geburtstag feiern.

Tochter Johanna war es geglückt, bei Bauern im Gebirge etwas Butter und ein paar Eier gegen ihre Seidenstrümpfe und sechs Geschirrhandtücher einzutauschen. Glücklicherweise konnte sie diese Schätze in dem mit Menschen vollgestopften Zug so leidlich behüten. Und in eine Razzia durfte sie natürlich auch nicht geraten – dann wäre alles verloren gewesen.

Rosa war nach der Ernte abends, wenn es langsam dunkel wurde, auf den umliegenden Feldern zum streng verbotenen Ährenlesen unterwegs, immer auf dem Sprung und mit vor Angst zitternden Händen. Wenn sie erwischt worden wäre – nicht auszudenken! Aber es war alles gutgegangen, und die Körner hatten schließlich gereicht, um mit Hilfe der alten Kaffeemühle das Mehl für einen Pflaumenkuchen zusammenzubekommen. Es war zwar etwas grob und bräunlich eingefärbt, aber das sah man dem verführerisch duftenden Gebäck ja nicht an.

Nun musste nur noch die gute Stube geheizt werden, damit sich Familie und Gäste wohlfühlen konnten. Ohne Schwägerin Gertrud, eine Kohlenhändlerstochter „aus besserem Hause", wäre das jedoch völlig unmöglich gewesen. Otto durfte ihr Geburtstagsgeschenk für Rosa ausnahmsweise schon vorfristig in der Nonnengasse abholen: einen ganzen Sack Rohkohle und sogar ein paar Briketts!

Umsichtig fuhr er mit dem schwerbeladenen, klapprigen Handwagen bei Nacht und Nebel am Stadtrand entlang. Zum Glück wurde er nicht kontrolliert und konnte die Fuhre heil zum Haus Nr. 347d „Vor dem Meißner Tor" bringen. Hier hatte er für seine

Familie eine kleine, sehr einfache Dachwohnung gemietet, in der schon die Eltern mit ihm und seinen Geschwistern gelebt hatten. Seit dem vorigen Winter konnte Rosa nun zum ersten Mal wieder den schönen, großen Kachelofen mit den gusseisernen Füßen heizen. Ja, jetzt schien das Feuer zu brennen, und hastig ging sie über den Flur in die Wohnküche zurück, wo noch viel Arbeit auf sie wartete.

Nach einer Weile drang ein merkwürdiger Geruch zu ihr herein. Rosa rannte hinüber zur guten Stube – und hier war alles schwarz vor Qualm und stank fürchterlich! Hustend riss sie das Fenster auf. Dann war endlich auch Otto zur Stelle: mit dem Blumenstrauß, der Ascheschaufel und einer schuldbewussten Miene. Verlegen an seinem Schnauzbart zupfend erklärte er ihr, dass er im Sommer die Tüte Sago, mit der Johanna als gute Verkäuferin im Kaufhaus prämiert worden war, wegen einer drohenden Razzia schnell im Kachelofen verschwinden lassen musste. Aber das hatte er mittlerweile leider vergessen ... Dann bückte er sich und kratzte alle Reste von dem kostbaren, doch nun ungenießbaren Sago vom Rost und entfachte ein neues Feuer.

Diesmal brannte es wunderbar. Auch der Qualm hatte sich schließlich nach längerem Lüften verzogen, bevor die wenigen Gäste in der kleinen, bescheidenen Dachwohnung eintrafen. Keiner bemerkte etwas von dem Missgeschick, und alle waren überrascht und begeistert von dem köstlichen Kuchen. Nur die vornehme Schwägerin Trude hüllte sich fröstelnd noch fester in ihre Wollstola und meinte etwas pikiert, dass es von ihrer vielen, guten Kohle doch wohl etwas wärmer sein müsste.

Das Tischgeheimnis

*M*orgen soll nun endlich der große, stabile Bauerntisch angeliefert werden, nach dem wir schon seit Jahren gesucht hatten. Der alte, wacklige Nussbaumtisch knarrt empört, als wir ihn beiseite rücken. Ein bisschen tut es uns schon leid um das gute Stück, hatte es doch vier Generationen unserer Familie gute Dienste geleistet: meinen Urgroßeltern Carl und Anna, den Großeltern Otto und Rosa, dann meiner Tante Johanna und schließlich uns.

Erst kürzlich waren mir beim Blättern im geerbten Familienalbum die vergilbten Fotos aus der sehr einfach, aber behaglich eingerichteten Dachwohnung meiner Groß- und Urgroßeltern aufgefallen. Die Familie lebte „Vor dem Meißner Tor" in einem alten, nicht gerade komfortablen Mehrfamilienhaus.

Auf einem der Fotos glaubte ich, unseren Esstisch wiederzuerkennen. Er war mit einer von Omas schönen, selbst genähten und mit breiter Häkelspitze verzierten Decken geschmückt und stand in der guten Stube. Da sie nur zu besonderen Anlässen benutzt wurde, musste sich die Familie wohl zu einer Feier zusammengefunden haben: meine Großeltern mit den Kindern Johanna, Franz und Heinz, Urgroßmutter Anna und weitere Gäste. Das gute Kaffeegeschirr stand auf dem Tisch und sogar ein Teller mit Kuchen, was sicherlich selten vorkam. Das Bild muss Anfang oder Mitte der 1930er-Jahre entstanden sein, also war Großvater Otto etwa

50 Jahre alt. Mit seinem hageren Gesicht, dem kurzen grauen, etwas gelichteten Haar, den runden Brillengläsern und dem kleinen Schnauzbart wirkte er jedoch viel älter. Schade, dass ich ihn nur als kleines Mädchen kennenlernen konnte und nur ganz wenige Erinnerungen an ihn habe, weil er so früh starb.

Ein kräftiger Hammerschlag reißt mich aus meinen Gedanken: Unser wohlvertrauter Tisch wird in seine Einzelteile zerlegt. Die Platte werden wir aufbewahren, denn vielleicht kann sie uns noch andere gute Dienste leisten. Aber der Rest wird bestimmt im Feuerholz landen.

Plötzlich hält mein Mann inne. Erstaunt entfernt er aus einer Ecke zwischen Zarge und Tischbein ein kleines Päckchen: eine etwas zerdrückte Zigarettenschachtel der Marke „Salem", fein säuberlich mit Mehlkleister angeleimt. Diese seit den 1920er-Jahren im Dresdner „Yenidze" produzierten Zigaretten wurden auch nach dem Krieg dort wieder hergestellt.

Verwundert trete ich näher. Zigaretten im Tisch? Ein ungewöhnlicher Aufbewahrungsort. Das muss doch etwas zu bedeuten haben! Ich versuche, mich gedanklich in Großvaters damalige Situation hineinzuversetzen. War er nicht krank? Richtig, ich erinnere mich an Erzählungen darüber, dass er während seiner letzten Lebensjahre an einer schweren Magenkrankheit litt. Da waren ihm doch bestimmt Zigaretten untersagt! Als leidenschaftlichem Raucher musste ihn das ärztliche Verbot besonders schwer getroffen haben. Und seine Rosa war sicher eine strenge Wächterin. So hatte er sich wohl in seiner Not eine heimliche „stille Reserve" angelegt, war aber nicht mehr dazu gekommen, sie zu genießen.

Nachdenklich nehme ich die kleine Schachtel in die Hand und betrachte sie von allen Seiten. Beinahe fünfzig Jahre ist sie schon in diesem Tisch versteckt. Großvater sorgt nach so langer Zeit immer noch für Überraschungen! Da entdecke ich auf der Rückseite ein paar Worte, ganz dünn mit Bleistift geschrieben, kaum noch zu erkennen. Mit zusammengekniffenen Augen versuche ich, sie zu entziffern. Es gelingt mir nicht. Ob sie wohl heißen: „Verzeih mir, Rosa"?

Altstadtabend

Ich geh durch Abendgassen
und suche warmes Licht.
Schneewind macht mich frösteln,
Eis unter mir zerbricht.

Auf einmal Kerzenschimmer
aus alt-bröckligem Haus.
Fast wie bei uns zur Weihnacht,
strahlt Hohelieder aus.

Ich wünsch mir anzuklopfen,
zu sehen, wer da wohnt.
Vielleicht, dass sich da findet
ein Freund mir unterm Mond.

Doch meine Füße tragen
mich weiter durch die Nacht.
Warum nur sind wir Menschen
aus so viel Scheu gemacht?

Die eine Chance vergeben.
Vorbei, heut und nie mehr?
Vielleicht erlern ich Leben
als Flieh'n *und* Wiederkehr.

Es war ein Land

Fremde Heimat Ostpreußen

Die Tür zum Nichts

*I*ch war todmüde und froh, bald zu Hause zu sein. Zum Glück hatte mein Koffer, im Gegensatz zu meinen Füßen, lediglich das Gewicht einer Feder. Nur wenige Meter, dann mussten die Häuser meines Dorfes, wie Schwalbennester an den frühlingsgrünen Hang geschmiegt, in der Kurve auftauchen.

Wieso sah ich sie denn nicht? Ungläubig und entsetzt blieb ich stehen: weit und breit kein Haus. Es gab nur noch einige Steinhaufen, versengtes Gras, wie Streichhölzer geknickte Bäume und eine erdrückende Stille ringsum. Allein das Rauschen des Flusses drang an mein Ohr.

Ich versuchte mühsam, mich an seinem Verlauf zu orientieren. Jetzt hatte ich das Wehr etwas rechterhand im Rücken. Von hier aus wollte ich den Hang gerade hinaufklettern, dann musste ich doch direkt auf die Tür unseres Hauses stoßen!

Mich packte eine panische Angst; ich wollte nur nach Hause, endlich nach Hause.

Auf Händen und Füßen hetzte ich vorwärts, während mein Koffer vor mir her zu schweben und mir den Weg zu weisen schien.

Hier! Eine Reihe verkohlter Birkenstämme, *meine* Birken. Aber dort: dieses braunschwarze Viereck – die Tür! Verzweifelt und mit letzter Kraft stemmte ich mich dagegen, stolperte über die Reste der Schwelle – und fiel ins Leere ...

Ich erwachte schweißgebadet mit rasendem Herzen und brauchte eine Weile, um zu begreifen, dass ich wirklich zu Hause war. Als ich aus dem Fenster sah, leuchtete das Weiß meiner haushohen, vertrauten Birken im Mondlicht.

Auf dem Schreibtisch ertastete ich die Fundstücke meiner Reise, die ich am späten Abend noch im Koffer gesucht hatte: drei Steine vom Feldweg, der einmal ins ostpreußische Dorf Moosheim und zum Bauernhaus meiner Großeltern führte. Einzige Lebensspuren – sonst nichts.

Das Bild meines Großvaters

Ich weiß so wenig von dir, Großvater. Aber ich habe ein Foto, auf dem du mich ansiehst, und so kann ich mich ein wenig mit dir unterhalten.

Weißt du, wie mich als Kind dein Bild auf Großmutters Kredenz fasziniert hat? Es war ja nur ein halbes Foto, auf dem ich dich, deinen Hund Peter und Großmutters Arm erkennen konnte. Warum nur hatte sich Großmutter weggeschnitten? Auf diese Frage habe ich damals keine Antwort bekommen.

Mit Peter hast du im Frühjahr und im Sommer öfter deine kleine Flur im stillen Dörfchen Moosheim umschritten und nachgesehen, ob „dat lewe Gottche" alles gut wachsen ließ. Wenn die Zeit dann heran war, hast du festgelegt, wann in *Gott's Nomke* geerntet wurde, und alle halfen mit. So hat es mir deine Eva, meine Mutter, manchmal erzählt.

Ich glaube, du hast auf dem Foto *Klompkes* an, die du im Winter, wenn auf den Feldern nichts zu tun war, für die ganze Familie *gebaut* hast. Ich weiß von deiner Tochter auch, dass du die dicken Sohlen aus Lindenholz geschnitzt, das Leder mit Tran gegen die Nässe eingerieben und schließlich angenagelt hast, stimmt's? Den Tran liebten deine Kinder aber gar nicht, weil das Leder dann nicht mehr glänzte; nicht einmal, wenn man es mit Spucke einrieb. Und erst dieser ekelhafte Geruch, der einem nicht aus der Nase ging!

Es scheint so, als ob du mir zuzwinkerst. Deine Augen unter der Schirmmütze sehen mich ruhig und gütig an, aber auch ein wenig nachdenklich. Oder bilde ich mir das bloß ein?

Das Bild entstand nur wenige Monate, bevor ihr alle für immer von zu Hause fort musstet. Ob du damals schon etwas davon geahnt hast? Du trägst die dicke Wolljoppe, die dir Erich, dein Ältester, nach seiner Schneiderlehre in eurer Kreisstadt Schloßberg genäht hat. Die wirst du sicher sehr gebraucht haben auf jenem endlosen Weg durch Schmerz und Ungewissheit; damals, in jenem eisigen Winter, in dem sich deine Spur in Königsberg für immer verlieren sollte.

Es wird mir wohl niemals gelingen, dein Schicksal zu ergründen, Großvater. Und auch das halbierte Foto wird für mich sicher ewig ein Geheimnis bleiben. Oder meinst du, dass „dat lewe Gottche" es weiß?

Ende eines Sommers

*D*amals, in jenem warmen, üppigen Sommer schien es so, als ob das Land für einen Moment den Atem anhielte. Eine unbestimmte Spannung und Unruhe lag in der Luft; doch man wusste noch nicht, in welcher Form sie sich entladen würde.

Eva war damals knapp fünfzehn und im Pflichtjahr bei der Familie ihrer Cousine in Dagutschen, ein paar Dörfer weiter. Dort half sie auf dem großen Bauerngut; vor allem auf dem Feld, beim Melken und im Pferdestall. Hier, wie auch zu Hause bei den Eltern in Moosheim, gab es schon seit dem Frühjahr *Einquartierungen*. In jedem Haus musste mindestens ein Zimmer für Soldaten frei gehalten werden. Wie es hieß, fänden hier in Ostpreußen länger andauernde Manöver statt.

Da, wo junge Leute sind, gab es schon immer Spaß und Neckereien; auch für Eva, die manchmal sonntags auf ihrem Fahrrad die zehn Kilometer heimfuhr: über die stillen, vertrauten Dörfer und die schnurgerade, schattige Eichenallee entlang. Es kam auch vor, dass die Soldaten sie mit dem Pferdewagen nach Moosheim kutschierten. Dann ging es in wilder Fahrt über Stock und Stein, sodass es Eva ein bisschen unheimlich wurde. Zu Hause spielten die Jungs mit ihr und den Freundinnen Karten, lachten und erzählten, bis sie zurück mussten.

Manchmal fand ein Essenaustausch statt: Erbsensuppe aus der Gulaschkanone gegen *Flinsen* oder sogar gegen ein paar Flaschen selbst gebrautes Bier, das Evas Mutter auf der Kellertreppe heimlich kräftig schüttelte, damit der ungeduldige Verkoster hinterher wie ein begossener Pudel aussah. Gab das ein „Hallo"!

So vergingen die Sommermonate wie im Flug; an die Soldaten und die Manöver hatte man sich fast schon gewöhnt. Doch plötzlich: *Mobilmachung*, nur die Frauen, Kinder und Alten blieben zurück. Eva musste nun, mitten in der Ernte, mit dem Pferdefuhrwerk allein zurechtkommen.

Am 1. September 1939 wurde der Schlagbaum an der Grenze zu Litauen im nur zehn Kilometer entfernten Schirwindt einfach niedergewalzt, so wie es ähnlich an der gesamten polnischen und litauischen Grenze geschah. Einige Tage darauf ging in Moosheim die erschreckende Nachricht von Haus zu Haus, dass der Nachbarssohn Georg, der Bruder von Evas Freundin, drüben in Polen gefallen war.

Eva fröstelte und begann zu spüren, dass der Sommer nun unaufhaltsam zu Ende ging.

Die Gans

Schon wieder gab es Fliegeralarm. Eva und ihre Kollegen, Frauen und einige Männer, liefen eilig in den Luftschutzkeller. Jeder Handgriff saß, war schon fast zur Routine geworden. Alle wohnten aus Sicherheitsgründen in der Etage des Bürgermeisters im Schloßberger Rathaus. Jeder hatte ein Bett oben in der Wohnung und eins im Keller. Neben der Polizei und dem Militär waren sie die einzigen, die noch in der Kreisstadt bleiben mussten. Die Kampfhandlungen hatten bereits bedrohliche Ausmaße angenommen: Täglich gab es Luftangriffe, die *Stalinorgeln* reichten schon fast bis Schloßberg, und Tieflieger feuerten in die oberen Geschosse der Häuser.

Nun saßen also die Kollegen der Stadtverwaltung wieder einmal im Luftschutzkeller und hofften, dass es bald Entwarnung geben würde.

Auf einmal rief das Dienstmädchen des Bürgermeisters entsetzt: „Unsere Gans!"

Oben in der Küche schmorte sie im Ofen, und niemand hatte daran gedacht, ihn auszuschalten. Gerda kochte für alle, und heute sollte es doch Gänsebraten geben!

Das Besorgen der Lebensmittel war jetzt nicht schwierig: Sowohl die Läden als auch die Bauernhöfe in der Umgebung waren verwaist. Man konnte sich einfach selbst von dem bedienen, was man fand.

Und noch immer gab es keine Entwarnung. Dass die Gans verbrennen sollte, kam überhaupt nicht in Frage. Zwei der Männer schlichen sich im Dunkeln vorsichtig nach oben, ertasteten den Schalter, drehten ihn zurück und gelangten schließlich heil wieder hinunter. Ihre Kollegen hatten den Atem angehalten und waren erleichtert.

Plötzlich fing jemand lauthals zu lachen an: „Wisst ihr, wie dumm wir waren? Hier über mir ist doch der Haupthahn!"

Alle sahen sich entgeistert an, bevor sie in ein schallendes Gelächter ausbrachen; hier, in ihrem Luftschutzkeller, vor der Entwarnung, wo noch jeden Moment eine Bombe einschlagen konnte.

Das Auszeichnungsfoto

Wie es jetzt wohl zu Hause aussehen mag? Diese bohrende Frage beschäftigte Eva schon tagelang. Seitdem die Eltern und ihre Schwester zusammen mit den anderen Dorfbewohnern vor kurzem evakuiert worden waren, musste sie in ihrer Dienststelle, dem Rathaus von Schloßberg, bleiben. Eigenmächtigkeiten, wie die Stadt ohne Genehmigung zu verlassen, waren streng verboten und äußerst gefährlich. Die Straßen wurden oft von Armeefahrzeugen blockiert; ständig hatte man mit Angriffen von russischen Tieffliegern zu rechnen.

Eva wusste dies alles, aber der Wunsch, noch einmal das Haus ihrer Kindheit zu sehen, war schließlich unbezwingbar. So schwang sie sich heimlich in der Mittagspause auf ihr Fahrrad und fuhr die zehn Kilometer bis nach Moosheim, so schnell sie nur konnte. Unterwegs musste sie jedoch mehrmals im Straßengraben vor Tieffliegern Schutz suchen.

Als sie im Dorf ankam, empfing sie ein einziges Chaos: Auf den Straßen und Wegen liefen Haustiere aller Arten aufgeregt umher: Hühner, Gänse, Enten, Schweine, Schafe, sogar Kühe ... Die Leute waren ja längst alle weg. Bevor sie fort mussten, hatten sie, in der Hoffnung auf baldige Rückkehr, schnell noch die Stalltüren geöffnet. Die Tiere sollten sich, solange es irgend ging, selbst helfen können. Ein Teil von ihnen war nun inzwischen doch verdurstet; überall lagen die Kadaver.

Die Zimmer in ihrem Haus erkannte Eva kaum wieder: Alles war verwüstet, verdreckt, durcheinander geworfen. In den Räumen lagen Abfälle herum, auch Reste von geschlachteten Tieren. Hier hatten Soldaten gehaust, bevor sie als letzte Reserve der Wehrmacht ins unmittelbare, nur wenige Kilometer entfernte Kampfgebiet geschickt wurden.

Evas Blick fiel auf das Bild über dem Plüschsofa in der Stube: das Foto eines berühmten Luftwaffengenerals, sogar mit persönlichem Autogramm. Ihr Bruder hatte es im letzten Jahr, kurz vor dem Notabitur, als Auszeichnung für den besten Schulaufsatz über Helden bekommen.

Instinktiv ging Eva auf das Bild zu, nahm es von der Wand und schob es unters Sofa, ganz weit nach hinten. Sie konnte selbst nicht genau sagen, was sie eigentlich dazu trieb. War es vielleicht die unbewusste, irrsinnige Hoffnung, dass ihr Haus ohne dieses Bild an der Wand von den Russen verschont bleiben würde?

Was Eva aber genau wusste war, dass sie sicher bald auch Schloßberg verlassen musste. Ein kleiner Koffer mit dem Allernötigsten und ein paar Andenken stand in ihrer Dienststelle schon bereit.

Kindheitsbilder

"Omi, wann gibt's denn wieder mal Flinsen oder Äppelkielkes?", fragte ich als Kind öfter, wenn ich im Dachstübchen der „kleinen Oma" auf der Schmiedestraße zu Besuch war. Von meiner linoleum-belegten Fußbank neben Omas altem Ohrensessel schickte ich bettelnde Blicke zu ihr hinauf, deren Wirkung mir durchaus schon bewusst war. Oma amüsierte sich über meine Aussprache der ostpreußischen Gerichte und ließ sich meist nicht lange bitten. Bortsch oder Schmandschinken kannte ich zwar auch, war aber damals mehr für etwas Süßes.

Oma wirtschaftete dann emsig in ihrer schummrigen, winzigen Küche, und im Handumdrehen war mein Lieblingsgericht fertig. Nun durfte ich noch in der kleinen Schlafkammer auf einen Stuhl klettern und das eingeweckte Kompott auf dem Kleiderschrank aussuchen. Dann aßen wir beide ganz bedächtig, während Oma mir mit Verschwörermiene zuzwinkerte.

„Nu ät man, Kindche, ät", sagte sie.

Wenn Mutti mich abholte, unterhielt sie sich manchmal mit Oma *plattdütsch*. Das klang so breit und vertraulich; zwar härter als das Sächsische, aber trotzdem gemütlich. Während ich malte oder bastelte, hörte ich ganz genau hin, fühlte mich geborgen und hatte meinen Spaß an einigen ostpreußischen Ausdrücken wie *min lewet Frindke*, *dat lewe Gottche* oder *Marjellche*. Dieses erste Bild von Ostpreußen passte in meine kleine, heile Kinderwelt.

Eines Tages entdeckte ich in Omas Kredenz eine abgegriffene Holzschachtel mit einer Handvoll Fotos. Ein Bild war dabei, das mich zutiefst erschreckte, weil Oma so fremd, so ernst aussah und mit weit aufgerissenen Augen in die Kamera blickte. Erst viel später erfuhr ich, dass dieses Foto Weihnachten 1948 entstand, kurze Zeit nach ihrer Ankunft in Freiberg und dem Einzug in die kleine Dachwohnung. Nur wenige Monate zuvor hatte Mutti sie und ihre Schwester nach all den unglaublichen Strapazen von Flucht, russischem Arbeitslager und Quarantäne in Thüringen endlich wiedergefunden.

Meine kindlich-naiven Fragen nahmen nun kein Ende mehr.

„Oma, warum habe ich Opa nie gesehen? Wo ist er jetzt? Warum ist dieses Foto mit Opa und dem Hund zerschnitten?"

Oder: „Warum wohnst du nicht mehr in Ostpreußen? Wer hat denn alles kaputt gemacht? Warum bloß, warum? Wenn wir dort geblieben wären, würde ich dann auch *plattdütsch* sprechen?"

Aber mein Wissensdurst wurde damals nur ganz spärlich und zaghaft gestillt. Schließlich lebten wir im Osten Deutschlands, und da war es ziemlich gefährlich, über diese Dinge offen zu reden, zumal sich ein Kind in der Schule sehr leicht „verplappern" konnte. Man galt ja schon als Revanchist, wenn man nur von seiner alten Heimat Ostpreußen sprach.

Diese Zusammenhänge mussten mir damals, Ende der fünfziger und Anfang der sechziger Jahre, natürlich noch verborgen bleiben. So habe ich mir viele Antworten aus Andeutungen selbst zusammengereimt, die meiner kindlichen Fantasie Nahrung gaben, mich aber auch verunsicherten und belasteten. Am schlimmsten für mich war es jedoch, wenn Oma auf meine bohrenden Fragen hin die Hände vors Gesicht schlug, den Kopf schüttelte und nur immer wieder sagte: „Ach, Mädelche, Mädelche; ach, ach, ach ..."

Fragte ich meine Eltern nach Ostpreußen, hieß es meist nur: „Damals war Krieg. Das ist alles so lange her und längst vorbei."

So etwa in dem Tonfall, in dem man mit einem Kind von einem bösen Traum oder einem Märchen spricht. Ich begriff langsam, dass weiteres Fragen unerwünscht und sinnlos war. Hinzu kam, dass wir in der Schule bei bestimmten Geschichtszusammenhängen vorwiegend nach der *Kunst des Weglassens* unterrichtet wurden. Hier waren also für mich auch keine Antworten zu holen. Und bei diesem kärglichen Halbwissen, hinter vorgehaltener Hand erworben, sollte es beinahe vier Jahrzehnte lang bleiben.

Omas Spruch
über der Kommode

An Omas winziges, schmales Schlafkämmerchen kann ich mich noch lebhaft erinnern. Es gehörte zu einer kleinen Dachwohnung in einem um 1900 erbauten Mietshaus, das in der Freiberger Schmiedestraße steht. Oma hatte diese sehr einfache Unterkunft für sich und ihre beiden erwachsenen Töchter zugewiesen bekommen, nachdem sie im November 1948 endlich aus einem russischen Arbeitslager in die sowjetische Besatzungszone entlassen worden war. All ihr Hab und Gut hatte sie zu Hause in Ostpreußen verloren.

Wenn auch der Wasseranschluss und das Plumpsklo eine halbe Treppe tiefer lagen, war es nach all den heimatlosen, schlimmen Jahren doch endlich wieder ein Dach über dem Kopf. Dies alles erfuhr ich jedoch erst viel später. Damals, Ende der 1950er-Jahre, wuchs ich behütet und abgeschirmt von der wirklichen Welt mit all ihren Problemen auf.

Omas Schlafstube hatte auf mich schon von jeher eine geheimnisvolle Anziehungskraft. Gleich hinter der Tür stand eine alte Kommode mit geschwungenen Füßen und weißen Porzellanknöpfen, die eine hilfsbereite Nachbarin Oma geschenkt hatte. Heute steht dieses Möbelstück, von meinem Mann kunstvoll bemalt, in unserem Wohnzimmer und erinnert an meine ostpreußische Oma. Die oberste der drei Schubladen barg über all die Jahre meiner Kindheit sehnsüchtig herbeigewünschte Schätze: „richtige", zartschmelzende Schokolade aus einem der hin und wieder eintreffenden *Westpakete*. Diese Köstlichkeit wurde bei Besuchen meist sparsam als einzelner Riegel vergeben und gerecht unter allen Enkelkindern verteilt. Schließlich musste sie eine ganze Weile reichen! Nur zu Geburtstagen oder zu Weihnachten gab es eine ganze Tafel.

Aber das eigentliche Geheimnis für mich befand sich nicht in, sondern über dieser Kommode: An der Wand hing ein gerahmter Spruch und daneben ein silbrig-glänzendes Kreuz. Da ich von meinen Eltern atheistisch erzogen wurde, konnte ich mit diesem christlichen Symbol nichts anfangen. Irgendwann fasste ich Mut und fragte Oma danach. Sie reagierte etwas ratlos und verlegen, zuckte dann mit den Schultern und sagte zögernd in ihrem breiten Plattdeutsch: „Dat es dat lewe Gottche!" Diesen Begriff hatte ich aus Omas Mund schon manchmal gehört, wenn sie sich mit meiner Mutti unterhielt. Da war es meist um Gutes gegangen, was geschehen oder geschenkt worden war, und ich gab mich zunächst mit dieser beruhigenden Erklärung zufrieden.

Als ich lesen lernte, begann mich auch der Spruch im Holzrahmen zu interessieren. Mühsam versuchte ich, einzelne Worte oder wenigstens Buchstaben zu entziffern. Das war jedoch recht schwierig, da man den Text in der alten Frakturschrift gemalt und noch dazu kunstvoll verziert hatte. Ich war ganz stolz, als ich das erste Wort, *Herr*, herausbekommen hatte. Sofort wollte ich von Oma wissen, wer denn dieser *Herr* wäre. Und wieder erhielt ich die Antwort: „Dat lewe Gottche!" Nun wollte ich natürlich den Inhalt des ganzen Spruchs erfahren. Oma half mir, und gemeinsam lasen wir Wort für Wort:

Herr, bleibe bei uns, denn es will Abend werden, und der Tag hat sich geneigt.

Dieser Satz leuchtete mir ein, denn ich war auch nicht gern allein, wenn es dunkel wurde. Und das „lewe Gottche" als Begleiter konnte ja nicht verkehrt sein, wenn Oma es so sehr schätzte. Aber eine Vorstellung davon, wer dieser *Herr* eigentlich ist, hatte ich nicht. Oma erklärte es mir auch nicht weiter.

Heute glaube ich, dass sie sich nicht traute, in meine Erziehung einzugreifen und mich nicht in Widersprüche verwickeln wollte. Undenkbar, wenn ich vielleicht die Lehrerin im Unterricht nach dem „lewen Gottche" gefragt hätte! So machte ich mir also allein meine Gedanken über diesen Spruch. Zunächst war ich froh, dass sich Oma mit diesen Worten trösten konnte, wenn ich am Abend wieder zu Hause bei meinen Eltern war und sie allein zurückließ. Außerdem gefiel mir die poetische Formulierung, denn ich interessierte mich schon damals für Bücher und schöne Texte.

Als ich älter wurde, dachte ich viel über den Tod nach, besonders, wenn ich bei Oma war und während der Mittagsruhe so eigenartige, schnarchähnliche Geräusche aus ihrem Mund kamen. Dann hatte ich große Angst, dass Oma keine Luft mehr bekommen und sterben könnte. Ich war jedes Mal froh, wenn sie sich ächzend und schwerfällig wieder erhob und mit langsamen, schaukelnden Schritten zu mir in die Stube zurückkehrte. So malte ich mir aus, dass der Spruch vielleicht noch mehr bedeutete: dass mit dem Abend der Lebensabend gemeint sein könnte und die gerahmten Worte auch in diesem Sinn ein Trost für Oma wären.

Dass der Spruch über Omas Kommode aus dem Lukas-Evangelium der Bibel stammt, sollte mir jedoch noch über Jahrzehnte hin verborgen bleiben. Aber damals, im Schlafkämmerchen unter dem Dach, begann meine lange Reise zum Glauben und zu Omas „lewem Gottche".

Katjas letzter Brief

Dass Katja mir damals plötzlich nicht mehr schrieb, konnte ich lange Zeit nicht begreifen. Ich ging in die sechste Klasse und erlernte im zweiten Jahr mit viel Freude die russische Sprache. Wie die meisten Mädchen hatte auch ich eine russische Brieffreundin. Katja und ich waren etwa im gleichen Alter, und sie hatte, ebenso wie ich, viele Interessen. So gab es nie Probleme mit Schreibthemen; wir schickten uns auch oft gegenseitig Bilder, Karten und Fotos. Ich war immer sehr gespannt auf den nächsten Brief, den ich eifrig mit Hilfe des Wörterbuchs übersetzte. Ich wusste, dass Katja im Kaliningrader Gebiet wohnte, also in der Gegend um das frühere deutsche Königsberg, und zwar im Ort *Krasnosnamensk*. Das heißt etwa so viel wie *Rotbannerstadt*.

Eines Tages schickte mir meine Brieffreundin den Ausschnitt einer Landkarte, auf dem ihr Wohnort eingezeichnet war. Ich hatte meiner Mutter immer alles Beigelegte aus den Briefen gezeigt und ging auch mit diesem Kartenausschnitt zu ihr. Sie warf zunächst nur einen flüchtigen Blick darauf, stutzte dann und versuchte, ihr Erschrecken vor mir zu verbergen. Dann ließ sie sich die russischen Namen der Orte vorlesen. Die kannte sie natürlich nicht, aber das Flüsschen *Scheschuppe* war eigenartigerweise nicht umbenannt worden. Mutti verriet mir, dass ihr dieser Ort an dem kleinen Fluss gut bekannt war, da beide nicht weit entfernt von ihrem früheren Heimatkreis *Schloßberg* lagen: Dieses *Krasnosnamensk* war tatsächlich *Haselberg*, das vor der Hitler-Zeit einmal *Lasdehnen* geheißen hatte. Mehr erfuhr ich damals jedoch nicht.

Tief beeindruckt berichtete ich Katja diese Neuigkeit sofort. Ich suchte mir die fehlenden Begriffe zusammen und schrieb, dass meine Mutter aus Katjas Heimat stammt und die Gegend auf der Karte durch den Fluss wiedererkannt hatte. Ich dachte, dass Katja sich freuen würde, weil wir ja nun eine weitere Gemeinsamkeit hatten!

Ungeduldig ersehnte ich den nächsten Brief, der sonst nach spätestens drei Wochen angekommen war. Katja beendete jede Nachricht mit dem russischen Spruch: „Ich warte auf Antwort wie die Schwalbe auf den Sommer", und nun ließ sie mich so lange im Ungewissen. Schließlich schrieb ich ihr nochmals, falls mein voriger Brief verloren gegangen wäre. Aber wieder wartete ich vergebens auf ihre Post. Katjas Brief mit dem Kartenausschnitt sollte der letzte bleiben. Ich war sehr traurig und wieder einmal mit all meinen Fragen allein.

Großmutters Teller

Das Klirren von Großmutters Teller auf meinem Steinfußboden klingt wie ein Aufschrei. Ein kleiner, besonders spitzer Splitter scheint bis in meine Seele vorzudringen. Ganz langsam sammle ich die Scherben ein, Stück für Stück.

Da taucht plötzlich aus meinem Zwiebelmuster-Mosaik Großmutters faltiges Gesicht auf: *Ach, Mädelche, ach* ... Sie sitzt wieder in dem abgewetzten Ohrensessel in ihrem kleinen Dachstübchen mit der winzigen Küche ohne Wasser und dem „Plumps-Klo" über den Flur. An Möbeln, Hausrat und Wäsche besaß Großmutter damals, nach Flucht und Vertreibung aus ihrer ostpreußischen Heimat, nichts mehr, rein gar nichts. Sie und ihre jüngere Tochter durften sich in der Scheune gegenüber je einen Sack mit Stroh stopfen. Jede bekam ein eisernes Bettgestell zugeteilt, einen Stuhl, eine graue Decke und zu zweit einen Spind – das war alles.

Zum Glück gab es hilfsbereite Nachbarinnen, die alles brachten, was sie entbehren konnten. So kam Großmutter auch zu ihren schönen, alten Zwiebelmuster-Tellern, von denen jeder ein bisschen anders aussieht und wohl seine eigene Geschichte erzählen könnte.

Mein Besen hat nun fast alle Splitter herbeigeholt, nur einer springt immer wieder davon, so als wollte er sich seinem Schicksal widersetzen. Das Scherbenhäuflein klirrt noch einmal schrill, bevor ich den Deckel des Mülleimers schließe. Auch

Großmutters Gesicht ist verschwunden. Es will mir nicht mehr gelingen, es wieder heraufzubeschwören, so sehr ich mich auch darum bemühe. Nur ihre Stimme höre ich noch ganz leis: *Ach, Mädelche, lass man, lass ...*

Der Platz am Fenster

So, und jetzt noch die Blumen gießen", murmelt die alte Frau vor sich hin. Schwerfällig läuft sie durch die kleine Wohnung im Erdgeschoss, sich immer wieder mit einer Hand auf einem Möbelstück abstützend. In der winzigen Küche angekommen, füllt sie die braungeblümte Kaffeekanne mit Wasser und macht sich auf den Weg zurück zum Stubenfenster.

Ja, für die Stiefmütterchen hat sich das Geld gelohnt, sie blühen über und über. Jetzt löst sie die Riegel an den morschen Fensterrahmen, zupft ein paar Unkrautblättchen aus der tiefbraunen Erde, gießt das Wasser vorsichtig an jede einzelne Pflanze und genießt den Duft der gelben und lila Blüten. *Fast so wie früher, wie „to Hus" in Ostpreußen,* denkt sie seufzend.

Dann nimmt sie das bestickte Kissen vom Sofa, legt es auf das Fensterbrett und lehnt sich hinaus. Die Sonne hat jetzt, Anfang April, schon erstaunlich viel Kraft. Wenn sie doch spazieren gehen könnte wie noch im vorigen Jahr, wenigstens bis zum Friedhof!

Ob heute jemand zu Besuch kommt? Ach, sie haben doch alle so viel Arbeit und keine Zeit.

„Guten Tag, Frau Simmat! Na, schön in der Sonne?"

Die Briefträgerin hat immer ein paar freundliche Worte für sie, aber selten einen Brief oder eine Karte. Der Sohn aus dem Rheinland schrieb ja nur zu Ostern, Weihnachten oder zum Geburtstag ein paar Zeilen.

Da reißt sie die nahe Kirchturmglocke aus ihren Gedanken: Schon elf Uhr, also Zeit, sich um das Mittagessen zu kümmern. Die Fleischbrühe und die rote Beete für den Bortsch hatte sie schon gestern gekocht, da bleibt heute nicht mehr viel zu tun. Während die Suppe vor sich hin köchelt, öffnet die alte Frau das Küchenfenster zum Hof, wo sie in den knorrigen Obstbäumen die Vögel zwitschern hören kann. Manchmal kommt eine Meise oder ein frecher Sperling bis zu ihr auf das Fensterbrett und pickt die hingestreuten Brotkrumen auf.

„Nu kommt man, ihr Piepser, ick häv immer wat für euch!"

Andere Gesprächspartner sind jetzt selten geworden, seit ihre Nachbarin im Krankenhaus liegt.

Aber heute hat sie Glück: Die Enkelinnen von Frau Scholz in der Wohnung über ihr sind zu Besuch und spielen im Hof Ball. Jetzt bemüht sie sich, mit den Kindern hochdeutsch zu sprechen.

„Na, ihr zwei, lasst ihr mich auch mal mitspielen?"

Die beiden Mädchen kichern und werfen ihr den Ball zu. Beim ersten Mal prallt er von der Hauswand ab, aber dann kann ihn Oma Simmat, wie sie sagen, mit beiden Händen festhalten. Ihr Gesicht hellt sich auf, und lachend wirft sie den Ball zurück, bis weit in die Wiese hinein. Dann holt sie zwei Bonbons aus der geschliffenen Glasdose im Küchenschrank und lockt die Kinder nochmals an ihr Fenster. Ach, tat das gut, ihr frohes Lachen zu hören!

Nach der Mittagsruhe ist die alte Frau wieder am Stubenfenster zu finden.

Ob meine Tochter wohl kommt? Oder die Enkelin nach dem Sport? Aber nein, heute ist ja Dienstag, da muss Gisela bis spät abends arbeiten. Doch vielleicht morgen? Ganz bestimmt morgen! Bortsch für sie war noch übrig von heute. „*Wie zu Hause!*", *wird sie dann wieder schwärmen. Wenn*

Jana mitkäme, würde sie ihr schnell ein paar „Äppelflins" backen, ihr
Lieblingsgericht; denn Bortsch schmeckte ihr nicht so.

Die alte Frau lächelt still vor sich hin. Jetzt sitzt sie in ihrem Ohrensessel am Fenster und beobachtet, wie langsam die Sonne un-
tergeht. Den Sessel und auch viele der anderen Möbel hat sie damals, als sie nach der Flucht aus Ostpreußen und dem russischen
Gefangenenlager mit nichts als ihrer Kleidung auf dem Leib hier
ankam, von netten Nachbarinnen geschenkt bekommen. Als es
fast dunkel ist, macht sie noch immer kein Licht. *Uhleflucht* haben
sie diese stille Stunde früher zu Hause genannt. Und wieder wan-
dern ihre Gedanken zurück ins Gestern ...

Schließlich wird es Zeit zum Schlafengehen. Während sie mühsam ihr Bett zurechtmacht, leuchtet der Mond durch das schmale
Fenster, sodass sie keine Lampe braucht.

„Ach, Karlche", sagt sie zu ihm, „wenigstens *du* bist bei mir."
Dann zieht sie leise die Vorhänge zu.
Als die Tochter zwei Tage später kommt, wartet niemand am
Fenster. Auch auf ihr Klingeln hin bleibt alles ganz still.

Novembertag

Ach, Großmutter, dass ich wieder den Weg nicht finde!"
Dabei hatte ich ihn mir so fest eingeprägt: zuerst an der
Mauer entlang, dann die fünf Stufen hinauf, ein Stück geradeaus
und schließlich in den kleinen Gang links einbiegen. Aber irgendetwas stimmt nicht. Dort hinten auf dem großen Steinmonument
hätte eigentlich ein Spruch stehen müssen; das weiß ich noch vom
vorigen Jahr.

Langsam naht die Dämmerung. Der Nebel tropft von den kahlen Zweigen, und ich erschrecke vor meinen eigenen raschelnden
Schritten.

„Jetzt muss ich mich beeilen, um dich zu finden."

Dort drüben, das schlichte Steinkreuz mit den eingravierten
Händen!

„Ja, endlich, Großmutter."

Ich wickle mein kleines Moosherz aus dem Papier und lehne
es ganz oben schräg gegen den Sockel. Immer wähle ich ein Herz
aus, das mit keinerlei künstlichem Schmuck verziert ist.

„Du hattest ja alles, was in *Gott's Nomke* gewachsen war, am
liebsten. Ich denke oft an dich, Großmutter, auch wenn ich so
selten hierher komme. Ich koche nach deinem Rezept Marmelade
und *Äppelkielkes*, backe deine unvergleichlichen *Flinsen* und hüte
die von dir selbstgewebte, mit Hohlsaum verzierte Tischdecke
wie meinen Augapfel – ist sie doch das einzige, wie durch ein

Wunder erhaltene Andenken aus deiner ostpreußischen Heimat. Weißt du, manchmal habe ich Sehnsucht nach diesem einfachen, bodenständigen Leben, von dem du so oft erzählt hast. Wo alles, was man tut, seinen Sinn hat, wo man sich von dem ernährt, was *dat lewe Gottche* in der Erde wachsen lassen hat."

Inzwischen ist es dunkel geworden. Der kalte Nieselregen jagt mir Schauer über den Rücken. Der kleine Hügel duckt sich unter die weit ausladenden Äste der nahen Blautanne. Noch einmal drücke ich das Moosherz mit der Spitze fest in die Erde und will mich schon zum Gehen wenden. Doch plötzlich kommt es mir so vor, als ob die eingravierten Hände auf dem Stein zu deinen Händen würden.

„Ja, Großmutter, ich sehe dich wieder ganz deutlich vor mir, damals, in deinem letzten Frühling. In unserem Garten hinter dem gerade erst begonnenen Haus war die Natur schon erwacht: Krokusse, Narzissen und die ersten Tulpen leuchteten in der Sonne. Da bücktest du dich schwerfällig, fielst auf deine kranken Knie und ließest immer wieder eine Handvoll dunkler, frisch umgegrabener Erde durch deine Finger gleiten. Sicher warst du in Gedanken zu Hause, in deinem verlorenen Garten. Und wie so oft in meiner Kinderzeit konntest du nur kopfschüttelnd flüstern: *Ach, Mädelche, ach, ach, ach …*"

Noch immer starre ich wie gebannt auf den gravierten Stein. Doch dann verwandelt sich in meinen Gedanken Großmutters faltige, abgearbeitete Hand mit dem Häufchen Erde darauf in meine eigene, zitternde Hand. Und die wirft ein paar Erdklümpchen zum Abschied mit hinab ins Grab, an jenem längst vergangenen, düsteren Oktobertag.

„Ach, Großmutter …"

Fast unmerklich ist der Regen in Schnee übergegangen. Ein

dünner, weißer Schleier deckt den kleinen Hügel, das Kreuz und mein Moosherz zu und wird bald zu einem schützenden Mantel werden. Vom Weg aus schaue ich wie unter Zwang noch einmal zurück.

„Was ist, Großmutter?"

Da scheint es mir so, als ob sie mir zuriefe:

„Nu mok man, Mädelche!"

Ratlos ziehe ich die Schultern hoch.

„Was soll ich denn machen, Großmutter?"

Dann kommt mir eine Idee. Im Keller habe ich noch rote Bete aus unserem Garten. Daraus könnte ich heute Abend nach ihrem Rezept einen *Bortsch* kochen, der Leib und Seele so richtig durchwärmt.

„Danke, Großmutter, und: *Gott's Nomke!"*

Großmutter

Morgen. Schon morgen?
Die Glocken dröhnen in meiner Brust
lauter und lauter,
zersprengen den Topf,
in dem ich rühre und rühre.
Im Dunst ein Gesicht:
Großmutter.
Ich zerrühre die Zeit,
die durch ihre Hände floss,
wie ein klebriger Strom.
Pflaumenmus. Alles Rühren ohne Sinn, heute.
„Du mok man, de Plume sen dran."
Ja, Großmutter, ja.
Und ich rühre,
als ob meine Seele anbrennt.
Durch das offene Fenster
schwebt Großmutters Gesicht
hinaus in die Nacht –
„Ek ben all to Hus –
ach, Mädelche; ach, ach, ach ..."

Und ihr schneeweißes Haar
schwimmt lautlos im Mondlicht.

Getragen
vom Fluss der Zeit

Zwischen Traum und Wirklichkeit

Albträume

Schon wieder dieser Albtraum. Anne erwachte schweißnass und setzte sich ruckartig auf, um dem Traum keinesfalls eine Chance zu lassen, sie noch einmal gefangen zu nehmen.

Es war immer das gleiche Bild: Sie sah ihren abgemagerten, stimmlosen Vater im weißen Krankenhausbett, mühsam etwas auf ein Blatt Papier kritzelnd und es ihr dann entgegenhaltend. „Schreib das Buch!", las sie in schwacher, kaum erkennbarer Schrift auf dem Zettel.

Ja, das Buch … Vater hatte schon länger an einem historischen Stoff aus der Geschichte seiner und auch ihrer Heimatstadt gearbeitet und richtete sich während seiner Krankheit immer wieder auf bei dem Gedanken an die begonnene Erzählung. Aber dann hatte er es doch nicht geschafft; nicht einmal fünfzig war er geworden.

Vier Jahre war das nun schon her, aber diese Bilder von den letzten Begegnungen mit ihm hatten sich tief in ihre Seele eingebrannt; jede Einzelheit, jede Geste, jeder Blick. Anne hatte sehr an ihrem Vater gehangen, und er war ihr großes Vorbild, besonders, was das Schreiben anbelangte. Sicher, manchmal war er fast zu streng und fordernd gewesen: Kein Aufsatz war ihm gut genug. Aber sie hatte seine Meinung stets akzeptiert, wenn auch oft zähneknirschend, und auf diese Weise viel von ihm gelernt. Immer war sie eine gehorsame Tochter gewesen. Zu gehorsam, wie sie heute fand. Ja, sie hungerte nach Vaters Anerkennung, wollte ihm möglichst alles recht machen und auf keinen Fall seinen Unwillen hervorrufen, denn davor hatte sie schon seit ihren Kinderjahren Angst.

In Gedanken versunken, lief Anne leise durch die Wohnung. Vom Küchenfenster aus erkannte sie im fahlgelben Lichtsaum der Straßenlaterne kleine, wie Funken sprühende Schneeflocken. Die weiß bestäubten Bäume und Sträucher im Garten strahlten Ruhe und Frieden aus. Anne atmete erleichtert auf. Da würde es morgen, zu Vaters Todestag, wenigstens nicht so trostlos aussehen wie damals, als grauer Nebel die Stadt verhüllte und der Wind unbarmherzig ums Haus heulte.

Einige Monate nach seinem Tod hatte Mutter ihr die Mappe mit Vaters Textentwürfen gegeben:

„Vielleicht kannst du ja etwas daraus machen …"

Und sie hatte es versucht, immer wieder. Für ihn. Sie rief sich seinen Leitspruch ins Gedächtnis zurück, der sie durch ihre ganze Kindheit und Jugend begleitet hatte: *Wenn man eine Sache will, dann will sie einen auch.*

Aber Vaters Text wollte sie nicht. Sie fand keinen Zugang, und die handelnden Figuren schienen sich von ihr immer weiter zurückzuziehen. Schließlich musste sie sich eingestehen, dass dieser Text einfach nicht ihrer war. Aber aufgeben? Vater aufgeben?! Denn da waren immer wieder diese Albträume, deren Abstände sich in letzter Zeit verkürzt hatten. Immer wieder der Zettel:

„Schreib das Buch!"

Doch halt … Anne stockte der Atem. Ihr Herz begann zu rasen, und die Küchenfliesen unter ihren Füßen schienen plötzlich nachzugeben. Schnell ließ sie sich auf einen Stuhl fallen; zu unglaublich, dieser Gedanke. Ja, jetzt war sie sich ganz sicher. Auf dem Blatt Papier vorhin im Traum hatte nicht gestanden:

„Schreib *das* Buch!", sondern: „Schreib *dein* Buch!"

Anne öffnete mit noch immer zitternden Händen das Fenster und atmete gierig die eisige Nachtluft ein.

Der Albtraum kam nie wieder. In der Folgezeit gingen ihr so viele Gedanken durch den Kopf: Ideen für Geschichten, für ihre eigenen Geschichten! Sie sprudelten nur so hervor, wie aus einer lange verschütteten Quelle. Jetzt brauchte Anne sie nur noch aufzuschreiben.

Ost-West-Gardinchen

Konnte das wahr sein – oder bildete ich mir alles nur ein? Würde ich gleich aus einem aufregenden Traum erwachen? Aber nein, ich stand tatsächlich mitten in Wuppertal, am Ufer des Flusses, in dem sich die Lichter der berühmten Schwebebahn hoch über mir spiegelten. An jenem 23. Januar 1988 war ich anlässlich des runden Geburtstags meiner Tante Ursel wirklich im Westen!

Bisher hatte ich alle Unwägbarkeiten und Überraschungen der verschiedensten Art so leidlich überstanden: den Anblick des hohen Stacheldrahtzauns an unserer Grenze am Vortag; die unter dem Beißkorb zähnefletschenden Polizeihunde, direkt zu meinen Füßen(!), und ihre genauso unfreundlich kläffenden Herrchen, die alle Zugabteile akribisch nach irgendwem oder irgendwas durchsuchten.

Dann nach der Ankunft die Blamage, dem Wasserhahn im Bad meiner Verwandten keinen Tropfen Wasser entlocken zu können und mein peinliches, lautstarkes Staunen beim Anblick der großen, roten Tomaten auf dem Abendbrottisch – mitten im Winter! Gleich danach der nächste Schock: In der „Tagesschau" bekam ich erstmals eine völlig andere Sicht auf die Welt und unsere kleine DDR präsentiert. Bisher kannte ich ja nur die „Aktuelle Kamera" und unsere Ost-Zeitungen!

Auch der Einkauf am nächsten Vormittag in einem der großen Kaufhäuser der Stadt war eine Herausforderung für mich: Wofür sollte ich meine paar D-Mark am besten ausgeben? Und vor allem: Wo war was am billigsten? Aber Tante Ursel lotste mich an den Sonderangeboten vorbei und kaufte selbst das eine oder andere als Mitbringsel für meinen Mann und unsere Tochter. Dafür war ich zwar sehr dankbar; aber Zeit, mich ein wenig umzusehen, hatte ich so leider nicht. Alles musste rasend schnell erledigt sein.

Doch nun war es Abend geworden, und ich hätte eigentlich in der hell erleuchteten Stadt etwas verschnaufen und *die Seele hinterher kommen lassen* können. Meine Cousine Silke, mit der ich nun unterwegs war, verschwand für eine knappe Stunde zum Schwangeren-Gymnastikkurs und hatte mich vorher hier „zwischengeparkt"; direkt an der Wupper, wo man sich nicht verlaufen konnte. Da stand ich nun und sah mich unsicher um: überall grelle Farben der Leuchtreklamen, Glitzern und Blinken; quirliges Leben auf der Straße und in den Geschäften, verlockende Auslagen in den Schaufenstern.

Und alles ging erstaunlich ruhig und friedlich zu. Niemand kam mir zu nahe, keiner versuchte, mich zu überfallen oder auszurauben! Im Gegenteil, der eine oder andere lächelte mir sogar zu, und eine elegant gekleidete Dame lud mich zur Vernissage in ihre Galerie ein. Aber da allein hineinzugehen, traute ich mich natürlich nicht.

Ja, wieso wunderte ich mich eigentlich über all das? Hatte ich wirklich die Märchen unserer *Obersten* geglaubt, die uns vor dem bösen Westen beschützen wollten und uns deshalb keinen freizügigen Reiseverkehr gestatteten? Natürlich nicht. Aber irgendwelche winzigen Tropfen dieser ständigen Gehirnwäsche müssen wohl doch ein paar heimliche Spuren in meinem Kopf hinterlassen haben. Schon am Vormittag hatte ich mich von meinen Vorstellungen vom schmutzigen Ruhrgebiet verabschiedet, denn ich war weder über allgegenwärtige Kohlestückchen gestolpert noch hatte ich von schwarzem Qualm Hustenanfälle bekommen. Da machte unsere Luft zu Hause ganz andere Probleme!

Als Silke von ihrem Sportkurs zurückgekehrt war, schlug sie vor, am nächsten Tag mit mir einen wirklich gemütlichen Einkaufsbummel zu machen. Der sollte allerdings meine größte Herausforderung werden …

Es war mein heimlicher Wunsch, für unser im Bau befindliches Häuschen einige Kurzgardinen zu kaufen. Zu Hause gab es ja nur welche für die üblichen Gardinenwände. Tante Ursel hatte mir netterweise ein größeres Scheinchen zugesteckt, denn umtauschen konnte ich unsere DDR-Mark nicht, die wollte ja keiner. Also zog ich mit meiner Cousine am Morgen frohgemut los.

Silke dirigierte mich zielsicher in das geeignetste Kaufhaus. Hier würde ich schon etwas finden, meinte sie. Gewisse Hoffnungen hatte ich ja auch, aber was mich dann erwartete, verschlug mir die Sprache. Eine freundliche Verkäuferin führte mich zu einem riesigen, mehrere Meter langen Verkaufstisch, auf dem sich oben und auch auf der zweiten Ablage darunter Berge von Gardinenstoff-Ballen stapelten. Schüchtern fragte ich, welche davon denn Kurzgardinen wären. Ihre kurze Antwort hieß: alle! Ich erschrak: so viel!? Wie sollte ich da jemals etwas Passendes finden? In der richtigen Breite? Und möglichst preisgünstig?

Mein erster Impuls war: Weglaufen. Einfach schnell fort. *Das schaffst du nie*, dachte ich. Aber meine hochschwangere Cousine lachte mir aufmunternd zu, setzte sich auf einen Teppichstapel in der Nähe und meinte, ich solle mir nur Zeit lassen; das würde schon was werden.

Also fasste ich mir ein Herz und machte mich ans Werk. Die Verkäuferin half mir beim Umschichten der vielen Ballen, damit ich erst einmal die gewünschten Maße fand. Als ich dann erneut kurz vor dem Aufgeben war, weil die Stunden bis zum Mittag immer kürzer und meine Arme immer länger wurden, stellte ich mir verzweifelt unser fertiges Haus mit den erträumten Kurzgardinchen vor, und das half.

Schließlich hatte ich sogar für jedes Fenster etwas gefunden, weil die von der Verkäuferin herausgesuchten Reststücke günstiger zu haben waren, und so reichte das Geld! Als meine Schätze in eine bei uns so begehrte bunte Tüte gepackt wurden, machte mich Silke auf kleine Schilder an den meisten der Gardinenballen aufmerksam: *Made in GDR* stand darauf geschrieben.

Übrigens, fast schäme ich mich, das zu verraten: Ein kleiner Teil dieser Gardinchen hängt heute, drei Jahrzehnte später, noch immer an unseren Fenstern, weder vergilbt noch verschlissen. Na ja, sie sind eben gute, stabile DDR-Produkte; so wie wir auch!

Vernissage oder
„Des Kaisers neue Kleider"

Eigentlich waren wir damals bei unserem Besuch in der ostsächsischen Grenzstadt nur ganz zufällig in diese Ausstellung geraten. Ehe wir uns versahen, hatten wir ein Sektglas in der Hand und versuchten, einigermaßen weltmännisch in die Runde zu schauen.

Zur Vernissage, bei der auch der Künstler anwesend war, sollte ein junger Musiker eigene Stücke auf der Posaune vortragen. Frisch, frei, fröhlich verkündete er, Improvisationen nach seinen Eindrücken zu den gezeigten Bildern zu spielen – und legte los.

Nun ja, es war schon erstaunlich, was man einer Posaune so für Töne entlocken kann; von Musik im landläufigen Sinne konnte man da wohl kaum sprechen. So kam mir, als eher konventionellem Konsumenten, das erste Stück wie das Gejammer unserer Katzen vor, wenn man sie aus versehen getreten hatte.

Ein kleines Kind bekam wohl Angst und weinte. Mein Mann mir gegenüber schien die Zähne zusammenzubeißen und stierte verbiestert vor sich hin, und unsere Tochter sah grinsend zu mir herüber. In mir gluckste es nur so, aber laut zu lachen traute ich mich nun doch nicht. Beim zweiten Stück kam es noch besser. Während der produzierten Geräusche musste ich zuerst an Schnarchlaute, dann sogar an eine gewisse Sorte anderer menschlicher Töne denken ... Betretenes Schweigen und Zubodensehen unter den Gästen.

Zu allem Überfluss hatte ich auch noch die Passanten vorm Schaufenster im Blick, die mit teils verwunderter, teils belustigter Miene stehen blieben und uns alle wie Exoten im Zoo besichtigten, bevor sie kopfschüttelnd oder amüsiert lachend weitergingen.

Wie lange sollte ich das nur noch aushalten? Zu meinem Trost schmunzelten noch andere Besucher stillvergnügt vor sich hin, während mir schon vor unterdrücktem Lachen die Tränen kullerten. Bloß gut, dass ich keine Zeit mehr für Make-up gehabt hatte. Ich war heilfroh, als der offizielle Teil endlich geschafft war und beobachtete gespannt die Leute. Ernste Gesichter, vornehmzurückhaltender Applaus, verständnisvolles, anerkennendes Nicken ringsum.

Der Musiker strich sich gelassen über seine Lockenpracht und strahlte erwartungsvoll in die Runde. Einige Besucher knüpften mit ihm, nicht mit dem Maler, Gespräche über die *beeindruckenden Möglichkeiten* der Posaune an. Über seine Empfindungen beim Anhören der Improvisationen sprach allerdings niemand.

Erst abends blitzte in mir der Gedanke auf, dass der Musiker vielleicht eine Art Parodie auf die sehr abstrakten, sich vermutlich nur wenigen Betrachtern erschließenden Bilder liefern wollte – und keiner hatte es bemerkt! Eine moderne Version von „Des Kaisers neue Kleider"?

Malheur im Eiffelturm

Paris im Wonnemonat Mai – wie viele Dichter hatten schon davon geschwärmt: üppig blühende Gärten und Parks mit verträumten Liebespaaren, glitzernde Sonnenfunken auf der Seine, kleine Straßencafés mit chic gekleideten Menschen, die endlos viel Zeit zum Schauen und Flanieren zu haben schienen. So etwa hatten wir uns damals unseren ersten Besuch in der *Stadt der Liebe* vorgestellt.

Und dann das: strömender Regen schon drei Tage lang, ein böig-kalter Wind, der unbarmherzig unter die viel zu dünnen Jacken kroch. Unsere französischen Freunde Hélène und Alain beteuerten immer wieder, dass es bisher um diese Jahreszeit in Paris noch niemals so ein erbärmliches Wetter gegeben hätte. Ob es vielleicht am Klimawandel läge?

Sie gaben sich jedenfalls alle erdenkliche Mühe, uns den Aufenthalt so angenehm wie möglich zu gestalten. In den letzten beiden Tagen hatten sie uns mit ihrem Peugeot kreuz und quer durch die Stadt kutschiert und uns im Vorbeiflug all die berühmten Sehenswürdigkeiten erklärt, sodass es mir schon ganz schwindlig geworden war.

Heute nun stand die Besichtigung des Eiffelturms einschließlich eines Restaurantbesuchs in luftiger Höhe auf dem Programm. Etwas verwundert registrierten wir beim Verlassen ihrer Wohnung, dass sich unsere Freunde richtig „in Schale geworfen" hatten. Aber als ahnungslose, einfache Touristen aus dem Osten Deutschlands hatten wir sowieso weder Jackett noch Blazer oder etwas ähnlich Elegantes im Gepäck. Und so zogen wir, auf Grund des noch immer unwirtlichen Wetters, unsere farbig gestreiften Pullover an; das Wärmste, was unser Koffer hergab.

Alain missachtete sämtliche Parkplätze in der Nähe des berühmten Wahrzeichens von Paris und fuhr schließlich mit elegantem Schwung direkt am Fuß des Eiffelturms vor. Wir staunten nicht schlecht, als ein livrierter Herr die Autoschlüssel entgegennahm, uns Damen beim Aussteigen behilflich war und den Wagen ins Parkhaus fuhr. Wo waren wir hier bloß hingeraten?

Doch dann verschlug es uns die Sprache, als wir den Aufsteller neben der Auffahrt zum Turm und zum Restaurant entdeckten: Es handelte sich um den Gourmet-Tempel „Jules Verne", damals noch vom weltberühmten französischen Sternekoch Alain Ducasse betrieben. Und wir in Ringel-Pullovern! Hinzu kam noch, dass ich auch sonst gerade nicht so vorzeigbar war, denn als Folge einer übersehenen Stufe in der Tiefgarage unserer Freunde zierte mein Gesicht mittlerweile ein schön geschwollenes, blau-violettes Auge. Aber nun half alles nichts, da mussten wir jetzt mit möglichst einigermaßen guter Haltung durch. Also: Kopf hoch, Brust raus!

Oben im Restaurant schienen sich weniger Gäste als Bedienstete zu befinden, die sich in vornehmer Zurückhaltung unserer Mäntel annahmen und uns die Stühle zurechtrückten. Unser reservierter Tisch war bereits mit mysteriösen weißen Porzellanhügeln gedeckt, die ebenso gut Dekogefäße für eine Art Ikebana sein konnten. Jetzt bloß nichts falsch machen und abwarten! Mein Mann lächelte mir aufmunternd zu. Dann kam eine Serviererin, drehte alle „Ikebana-Schalen" um und verwandelte sie so in elegante Platzteller. Darauf wurde schließlich der in Deutschland als *Gruß aus der Küche* bekannte kleine Snack vor dem eigentlichen Menü kredenzt.

Ich hatte im damals besten Lokal unserer sächsischen Kleinstadt gelernt, wie dieser *Gruß aus der Küche* auf Französisch heißt.

„Ah, amuse gueule!", rief ich stolz zu Hélène hinüber, wobei ich auf meinem Designer-Stuhl bestimmt einige Zentimeter größer wurde.

Aber auf Hélènes Stirn erschienen sofort tiefe Unmutsfalten und sie legte eilends ihren Zeigefinger an die Lippen. Ich erschrak: Was war nun wieder verkehrt?

„Das sagt man nur in der Familie zu Hause, doch nicht im Restaurant!", belehrte sie mich halb auf Französisch, halb auf Englisch, das wir besser verstanden.

Sofort rutschte ich wieder zusammen, wagte aber schüchtern ein leises: „Warum?"

Es stellte sich heraus, dass *gueule* auf Französisch sehr unfein Maul bedeutet und man deshalb besser *bouche*, also Mund, sagen sollte.

Während wir weiter mit den verschiedensten, exzellenten Gaumenfreuden verwöhnt wurden, zogen wir es vor, lieber zu schweigen. Glücklicherweise war mir der Schreck über diese Blamage nicht auf den Magen geschlagen, was auch bei diesem einmaligen Erlebnis jammerschade gewesen wäre.

Bei einem Zwischengang im Laufe des köstlichen Menüs konnte ich sogar unseren ramponierten Ruf wieder etwas aufpolieren. Uns wurde ein zartgrünes Sorbet serviert, bei dessen Geschmack man ständig zwischen süß und pikant hin und her pendelte. Die Bedienung fragte mit hintersinnigem Lächeln, ob jemand herausfände, welche spezielle Zutat die Ursache für die grüne Farbe und das besondere Aroma des Sorbets wäre. Nachdem alle an unserem Tisch falsch geraten hatten, nahm ich meinen Mut zusammen und fragte vorsichtig: „Basilikum?"

Damit hatte ich ins Schwarze getroffen und bekam von der Serviererin und meinen Tischgenossen höchstes Lob und gebührende Anerkennung. So konnte ich zu guter Letzt doch noch unser Image als „ostdeutsche Feinschmecker" retten.

Seit diesem Erlebnis gehen wir mit unseren französischen Freunden nie mehr ohne Jackett und Blazer aus; sicher ist sicher! Doch so schnell wird sich wohl keine Gelegenheit mehr für solch einen „Fettnäpfchen-Tritt" ergeben. Der Starkoch Alain Ducasse ist inzwischen nicht mehr Inhaber des „Jules Verne" im Eiffelturm. Wie wir hörten, würde er gern mal ein Restaurant auf dem Mars eröffnen. Aber so hoch hinaus wollen wir dann doch lieber nicht.

Ein stürmischer Tag

Missmutig stapfte Christian mit hochgezogenen Schultern durch den Garten. Ein kalter, böiger Wind hatte die schweren Tomatentöpfe schon wieder umgekippt, sodass ein Zweig sogar abgebrochen war. Wie Herbst, dachte Christian verärgert, dabei zeigte der Kalender doch erst Mitte August! Wenigstens hatte er das Rasenmähen noch vor dem Regen geschafft. Aber die Sträucher mussten dringend verschnitten werden, und das Garagentor wollte er endlich streichen. Auch am Computer war noch einiges zu tun. Seit er so viel dienstlich unterwegs sein musste, hatte er an freien Tagen ein ziemlich umfangreiches Programm.

Seufzend ließ er sich auf die kleine Holzbank unter den hohen Birken fallen. Hier saß er gern, doch mehr als ein paar Minuten gönnte er sich kaum. Jetzt rauschten die biegsamen, tief herunterhängenden Äste über ihm im stärker werdenden Wind. Eine kräftige Böe riss eine Handvoll Blätter mit sich und ließ sie dann zur Erde trudeln. Eins jedoch flog ihm direkt vor die Füße. Er hob es auf und fuhr mit dem Zeigefinger den leicht gezackten Rand entlang. Oben auf der Straße hielt ein Auto, und ein paar Takte Klaviermusik wehten zu ihm herunter. Klaviermusik – ein aufgehobenes Blatt – ein schützender Baum ... Das hatte er doch schon einmal erlebt! Mit schneller klopfendem Herzen ließ er es widerstrebend zu, dass die Erinnerung in ihm aufstieg.

Etwa ein Jahr musste es jetzt her sein, dass er sich mit seinem Studienfreund in der immer schöner werdenden Stadt am Fluss traf. Jeder Besuch dort war für ihn, den Gebirgsmenschen, wie ein Ausflug in den Süden.

Erst streiften sie durch alt vertraute und neue Straßen und Gassen und schwelgten in Erinnerungen. Dann kamen sie auf die Idee, mit dem Schiff in diesen kleinen Ort mit dem idyllischen Park zu fahren.

Als sie den Barockgarten durchquert hatten, klang ihnen Klaviermusik entgegen. Christian glaubte zu träumen, als er unter der uralten Blutbuche, deren Äste rundum bis auf die Erde reichten und so eine Kuppel um den mächtigen Stamm bildeten, einen weißen Flügel erblickte. Ein schwarz gekleideter Pianist, etwa in seinem Alter, wie auch er mit längerem Haar, spielte die verschiedensten Stücke und plauderte zwischendurch mit seinen Zuhörern. Christian war beeindruckt und genoss die Musik und das Licht- und Schattenspiel in den Zweigen. Aber irgendwo, tief in seinem Inneren, spürte er eine wachsende Unruhe.

Plötzlich fragte der Pianist, wer von ihnen denn auch schon einmal Klavier gespielt hätte, und sein Freund schob ihn impulsiv einen halben Schritt nach vorn. Christian hatte verlegen und ärgerlich abgewehrt, nein, das wäre schon zu lange her, er hätte alles vergessen. Aber der Pianist und die Leute baten und drängten ihn so sehr, dass er sich schließlich doch an den Flügel setzte. Unsicher griffen seine Hände in die Tasten, suchten mehrmals die richtigen Töne, schienen sich zögernd zu erinnern, und einige Akkorde klangen klar und kraftvoll zum Himmel, so als hätte Christian niemals aufgehört zu spielen. Doch dann verließ ihn der Mut, abrupt brach er ab und stellte sich, kopfschüttelnd und beschämt, zurück in die zweite Reihe.

Einen Moment war es ganz still, bevor alle begeistert Beifall klatschten. Den Rest des Konzertes verfolgte Christian wie in Trance. Versunken lauschte er der Musik, während seine Gedanken versuchten, die aus dem Unterbewusstsein aufsteigenden Bilder zurückzudrängen.

Aber jetzt gelang das nicht mehr. Mit voller Wucht tauchten die Erinnerungen auf, obwohl er sie doch so gut in der Schublade „Erledigt – aufbewahren" verstaut hatte. Er sah sich wieder an dem Flügel in der alten Pension Chopin und Rachmaninow spielen, damals, bei der Abschlussfahrt in die Klassikerstadt. Alle hatten ihm atemlos zugehört, und von Sonja gab es später sogar einen Gutenachtkuss. Ja, eigentlich hatte er Musik studieren wollen, aber dann war er bei der ersten Aufnahmeprüfung gescheitert, und sein Vater hatte ihm von dieser „brotlosen Kunst" abgeraten. Verbissen stürzte er sich darauf in die Landschaftsarchitektur, für die damals gerade noch ein Platz frei war.

Das Klavier blieb zu Hause bei seinen Eltern, ordentlich abgedeckt mit Großmutters handgearbeiteter Hohlsaumdecke. Später, als er und Sonja ihre erste Wohnung einrichteten, bestand sie darauf, dass sein Klavier in dem kleinen Schlafzimmer einen Platz erhielt. Angerührt hatte er es aber nie. Auch als sie in dieses Haus zogen, sorgte Sonja für eine geeignete Stelle und breitete seufzend die schützende Decke darüber. Manchmal, wenn sie allein war, klappte sie den Deckel auf und strich beinahe zärtlich über die Tasten.

Inzwischen regnete es stärker, aber Christian bemerkte es nicht unter seinem Birkendach. Das Blatt in seinen Händen hatte er längst zerpflückt. Wo war eigentlich das Blutbuchenblatt aus dem Park, das er damals eingesteckt hatte? Sicher lag es in einem seiner Nachschlagewerke zum Pressen. Ein neuer Windstoß blies ihm direkt ins Gesicht und riss ihn aus seinen Gedanken. Er sah auf die Uhr: Sonja würde erst in drei Stunden zurückkehren, sie war heute zu ihrer Mutter gefahren. Was sie wohl sagen würde?

Entschlossen stand Christian auf und lief mit großen Schritten zum Haus. Als erstes wollte er den alten, abgewetzten Koffer mit den Noten suchen. Und während er die Bodentreppe herunterklappte, pfiff er beinahe vergnügt ein paar Takte aus der „Ungarischen Rhapsodie".

Das Geburtstagsecho

Zu ihrem vierten Geburtstag hatte sich unsere aufgeweckte Tochter gleich zwei Schokoladentorten bei mir bestellt: eine für die Nachmittagsfeier zu Hause und eine für die große Runde im Kindergarten. Damals gab es diese Höhepunkte für die lieben Kleinen noch überall bei uns, und niemand hatte Angst wegen der Hygiene-Vorschriften oder davor, dass nicht alle Zutaten *echt bio* oder *vegan* sein könnten. Man freute sich einfach über die Abwechslung, und die Kinder mampften munter drauflos.

Also zogen wir beide am Spätnachmittag vor dem großen Ereignis unsere Schürzen über und begaben uns mit wichtiger Miene in unsere damalige Mini-Küche. Die Kleine hatte noch eine Fußbank angeschleppt, damit sie wenigstens mit der Nasenspitze bis über die Tischkante reichte. Zunächst ging auch alles gut. Die einzelnen Scheiben des Biskuitbodens waren mit Schokoladencreme bestrichen und wieder zusammengesetzt. Glasur und Dekorationsutensilien standen schon bereit. Die Sache machte also Fortschritte. Bis – ja, bis sich unser Papa auch noch in die Küche quetschte.

Neugierig beäugte er unser begonnenes Werk, war aber natürlich nicht damit zufrieden. Die Böden wären viel zu dick, so viel trockenes Zeug! Und trotz unserer Proteste machte er sich siegessicher ans Werk, um die bereits bestrichenen Scheiben nochmals quer durchzuschneiden. Natürlich kam prompt der Reinfall: Eine ganze Tortenhälfte zerfiel in Stücke und Krümel. Mein „Großer" begab sich vorsichtshalber unter Unschuldsbeteuerungen auf die andere Seite der Durchreiche. Die Kleine heulte wegen ihrer verunglückten Torte und hatte vor Aufregung auch die bisher noch verschont gebliebenen Küchenteile mit Schokolade verziert. Und ich, tomatenrot glühend, mit gehetztem Blick zur Uhr, verdonnerte alle erst mal zu Küchenverbot.

Wie es so ist: Niemand war Schuld, und ein Wort ergab das andere. Unser liebes Kind in der Ecke hatten wir, leider, für einen Moment ganz vergessen. Schließlich konnte der „Patient Torte" dank meiner hervorragenden Erste-Hilfe-Ausbildung doch noch gerettet und der Schaden mit bunten Plätzchen und Streuseln „wegdekoriert" werden.

Am nächsten Tag kam unsere Tochter strahlend und schokoladenbeschmiert aus dem Kindergarten. Sie erzählte begeistert, dass alle Kinder so lustig wie sie ausgesehen hätten, weil es keine Löffel zur Torte gab. Na, die Begeisterung der Mütter wird sich wohl in Grenzen gehalten haben!

Wir schlugen unserem lieben Kind vor, am ganzen restlichen Nachmittag alle gemeinsam etwas zu spielen, schließlich war ja Geburtstag. Doch die sonst üblichen Jubelschreie blieben diesmal aus. Erstaunt mussten wir zur Kenntnis nehmen, dass unser großmütiges Angebot völlig missachtet wurde. Naserümpfend und ein bisschen von oben herab erklärte uns die Kleine, dass sie lieber mit Bummi und Puppe Susi Geburtstag spielen wolle.

Nach einer Weile hörten wir die empörte Stimme unserer Tochter aus dem Kinderzimmer:

„Mensch, Bummi, du alter Dussel, jetzt haste meine schöne Torte kaputt gemacht! Nie nich hörste, wenn ich dir was sage! Denkste *valleicht*, ich bin euer Pampel?!"

Eine Lektion im Muskauer Park

An jenem Tag im Spätherbst hatte der orkanartige Sturm der letzten Wochen endlich nachgelassen. Unter einem gespenstisch anmutenden, grauschwarzen Himmel fuhren wir mit unserem „Trabant" zum Muskauer Park, der nur wenige Kilometer von unserem damaligen Wohnort entfernt lag. Dort im Park war unser Zufluchtsort, unsere Oase der Ruhe in chaotischen Zeiten. Wir hofften sehr, dass der Sturm keine größeren Schäden an den alten, teils seltenen Bäumen hinterlassen hatte, die für uns fast schon zu Vertrauten geworden waren.

Der Park bot uns zunächst ein Bild sonntäglicher Landschaftsidylle. Das alte Schloss erstrahlte in blendendem Weiß, zu dem das blau-rot-goldene Wappen über dem Portal einen starken Kontrast bildete. Nur wenige Schritte vom alten entfernt, trafen wir auf die Ruine des neuen Schlosses, deren türmchenverzierte Silhouette sich im Wasser des nahen Grabens spiegelte.

Für unsere Tochter war es das Dornröschen-Schloss. Bei jedem Besuch fragte sie, warum es nicht endlich wieder aufgebaut würde, damit Dornröschen und der Prinz einziehen könnten. Damals konnten wir uns nicht vorstellen, dass es drei Jahrzehnte und ein politisches Zeitalter später tatsächlich in alter Schönheit wiedererstanden wäre!

Beim Weitergehen bemerkten wir schon bald, dass uns dieser ruhig anmutende Spätherbsttag nur ein Bild friedlicher Natur vorgespielt hatte. Durch den Sturm war beängstigend viel Schaden angerichtet worden, der die heitere Harmonie dieses Landschaftsparks empfindlich verletzte. Auch einige unserer Lieblingsstellen, an denen wir sonst die Seele baumeln lassen konnten, gab es nun nicht mehr. Uralte, dicke Bäume lagen entwurzelt oder wie Streichhölzer geknickt quer über den Wegen, manche auch über einem Neiße-Arm.

Erschrocken blieben wir neben einer sehr alten Buche stehen, deren verbliebene Äste sich wie anklagend zum Himmel reckten. Trotz sorgfältiger Ausmauerung des teils hohlen Stammes und Sicherung des etwa einen Meter dicken Astes durch eine starke Eisenkette hatte sie dem Angriff der Naturgewalten nicht mehr standhalten können. Die abgerissene Kette schwang hoch über unseren Köpfen und weckte bedrückende Assoziationen.

Eine Gruppe wohl erst vor kurzem angekommener Kurpatienten kam uns entgegen. Fröhlich lärmend bestaunten sie die Größe und Mächtigkeit der zerstörten Bäume, schätzten Höhe und Durchmesser als eine Art Wettspiel. Es ist wohl doch ein großer Unterschied, ob man mit einer Landschaft ganz vertraut ist und sie in traurigen und heiteren Stunden erlebte – oder ob es sich nur um eine zufällige Begegnung handelt.

Unsere damals fünfjährige Tochter bemerkte die gedrückte Stimmung ihrer Eltern und versuchte, uns zu trösten: Bis zum nächsten Parkbesuch wolle sie Eicheln, Kastanien und Bucheckern sammeln und hier in die Erde stecken, damit schnell viele neue Bäume wüchsen, so wie in ihrem Buch „Ein Wald und Schweinchen Jo"! Und außerdem gäbe es doch noch ganz viele schöne Bäume hier. Ob wir die denn gar nicht sehen würden? Sie fasste uns beide an der Hand und zog uns von einem Prachtexemplar zum nächsten, wobei ihr kleines Gesicht strahlte.

Wir atmeten tief durch, liefen dem Wind entgegen und bemerkten erst jetzt die wunderschöne Herbstfärbung ringsum: Die Vielfalt der Rot-, Braun-, Gelb- und Grünschattierungen schien keine Grenzen zu kennen. Plötzlich riss der Himmel für einen Augenblick auf. Einige Sonnenstrahlen bahnten sich ihren Weg durch das düster-bedrohliche Grau und ließen das Laub in warmen Goldtönen erstrahlen.

Unsere Tochter hüpfte singend vor uns her durch die raschelnde Blätterpracht; nicht ahnend, dass sie ihren Eltern soeben eine Lektion in Sachen Lebenskunst erteilt hatte.

„Wenn Sie Geld brauchen" oder: Szenen einer Ehe

Die Stimmung in der geräumigen, gemütlich eingerichteten Wohnküche hatte sich an diesem stürmischen Oktobertag zunehmend verdüstert. Während draußen graue Nebelfetzen vorbeizogen, flogen auch drinnen *die Fetzen*. Durch irgendeine Kleinigkeit waren sie in Streit geraten – ein Wort ergab das andere.

Sie sah, wie ihm die Zornesröte in das sonst eher blasse Gesicht schoss und die kleinen „Höcker" auf seiner Stirn anzuschwellen schienen. Jetzt wurde es wirklich ernst. Dann bemerkte sie erschrocken, dass er ihren Lieblingskrug auf dem Bauerntisch fixierte. Er würde doch nicht etwa …? Die Vase mit blauer Glasur und schön geschwungenem Henkel hatten sie bei einem Ausflug zu ihrem Hochzeitstag im Sommer gekauft, und sie hatte ihnen beiden sehr gefallen.

Ängstlich hielt sie den Atem an, aber da griff er schon nach dem Krug. In einem ersten Impuls wollte sie ihm in den Arm fallen. Doch dann schoss ihr in Sekundenbruchteilen ein Gedanke durch den Kopf. Dieses Bild hatte sie schon irgendwo einmal gesehen: ein Mann, der wutentbrannt erst eine Vase, dann das ganze Geschirr und schließlich die restliche Einrichtung zerteppert; eine Frau, die ihm zum Schluss das gerahmte Hochzeitsbild vor die Füße schmettert.

Richtig, das war mal ein Werbe-Spot der Glückslotterie gewesen: „Wenn Sie Geld brauchen – ein Los der Goldenen Eins!"

Sie beide hatten sich damals köstlich über das junge Ehepaar im Fernsehen amüsiert.

Inzwischen hatte er die Vase hoch erhoben. Doch noch bevor es auf dem Steinfußboden klirren konnte, platzte sie instinktiv heraus: „Ja, wenn Sie Geld brauchen …!"

Sie sah ihm trotzig in die Augen. Er stutzte und hielt die Vase einige Sekunden lang in der Luft. Dann war es, als ob jemand mit einem unsichtbaren Bügeleisen über seine Stirn fuhr. Die Züge glätteten sich, und völlig ungewollt verzog sich sein Mund zu einem Anflug von süßsaurem Lächeln. Schließlich setzte er den Krug ab, weil ihn, genauso wie sie, ein unaufhaltsames Lachen zu schütteln begann.

Lange konnten sie sich nicht wieder beruhigen. Später grübelten sie, was eigentlich der Anlass für ihren Streit gewesen war, aber es fiel ihnen beim besten Willen nicht mehr ein.

Am nächsten Tag kauften sie ein „Los der Goldenen Eins" und hefteten es an ihre Pinnwand. Als Erinnerung daran, dass sie das große Los ja bereits gezogen hatten: nämlich einer den anderen; auch, wenn es manchmal Loriot-reife Szenen in ihrer Ehe gab. Schmunzelnd dekorierte sie die gerettete Lieblingsvase mit den letzten, leuchtend roten Dahlien aus dem Garten, die er ihr gerade hereingebracht hatte.

Tja, wozu Lotterie-Werbung und ein bisschen Schlagfertigkeit im richtigen Moment doch manchmal gut sein konnten!

Auf der Brücke

Nein, das durfte nicht sein. Das konnte sie einfach nicht glauben!

Sie hatte zu Hause nur die Tasche auf einen Stuhl geworfen und dann hastig ihr Fahrrad aus dem Schuppen gezerrt. Jetzt raste sie wie blind den steilen Weg ins Tal hinunter. Nicht einmal in der engen, unübersichtlichen Kurve achtete sie auf die Straße. *Nein – nicht sein – nein – sein*, quietschte das Schutzblech im Takt ihrer Pedaltritte.

Als sie auf der schmalen, hölzernen Brücke angelangt war, sprang sie unvermittelt vom Rad. Schwer atmend hielt sie sich an dem rostigen, verbeulten Geländer fest. Ganz langsam drang die Stille ringsum bis zu ihr.

Und wenn es nun doch so kam, wie der Augenarzt es für möglich hielt? Wie würde das sein? Mit geschlossenen Augen versuchte sie, die wenigen Laute, die zu hören waren, genauer zu bestimmen. Das ferne Hundegebell musste vom anderen Ufer herüber tönen. Die Vögel jedoch schienen in den Bäumen ringsum zu zwitschern. Ob es Meisen waren? Irgendwo brummte ein Motorrad. Oder war es ein Hubschrauber, der langsam näher kam? Sie würde künftig besser auf Geräusche achten, nahm sie sich vor.

Wie unter Zwang hielt sie die Augen weiter fest geschlossen und tastete sich am Geländer ein paar Schritte weiter Richtung Flussmitte. Achtung, hier war die gefährlich scharfe Kante, an der sie sich einmal die Jacke zerrissen hatte. Ihre Finger erkannten die Stelle sofort wieder.

Jetzt konzentrierte sie sich voll auf das Wasser. Ganz nahe vor ihr murmelte sich der Fluss leise und gleichmäßig durch sein Bett. Doch in ihrem Rücken hörte sie ein kräftiges, beinahe ungeduldiges Rauschen. Sie stand oft hier auf der Brücke, aber dieser Unterschied war ihr sonst noch nie aufgefallen. Eigenartig; das ließ sich nachher vielleicht klären.

In diesem Moment traf sie ein Sonnenstrahl, der ihr Gesicht wärmte. Hinter den geschlossenen Lidern spürte sie die Helligkeit. Das war also trotzdem noch möglich, dachte sie erstaunt. Dann mussten sich wohl kleinere Wolkenfetzen vor die Sonne geschoben haben. Sie zauberten vor ihrem inneren Auge ein heiteres, schnell wechselndes Licht- und Schattenspiel. Ihr Gesicht entspannte sich. Und plötzlich kam es ihr so vor, als ob sie schon einen Hauch von Frühlingsduft in der Nase hätte. *Seltsam, was man alles wahrnehmen konnte, ohne es zu sehen*, dachte sie.

Doch dann hielt sie es nicht länger aus und öffnete ungeduldig die Augen. Eine hellgraue Wolke, die wie ein kleines Schaf aussah, verdunkelte gerade die Sonne. Sie ging zum Geländer auf der anderen Seite hinüber und entdeckte, dass das kräftigere Rauschen des Flusses in ihrem Rücken vorhin von einer winzigen, grasbewachsenen Insel herrührte, an der sich das Wasser keilförmig vorbeischlängeln musste, um danach wieder gleichmäßig dahinziehen zu können.

Dieses Hindernis-Bild wollte sie sich genau einprägen, für später, falls sie es brauchen sollte. – Oder besser: aufschreiben! Sie selbst. Ohne Hilfe. Mit eigenen Augen.

Denn noch war ja alles möglich. Jetzt.

Frühlingserwachen

Nun scheint es ja doch noch Frühling zu werden:
Die Luft ist so samtig, der Himmel so weit ...
Mein Herz fragt mich zögernd:
„Darf ich jetzt wohl frei sein?
Ist endlich vorbei die bedrückende Zeit?"

Der Winter war lang, und ich hab mich vergraben
in hundert Hüllen aus Horn und Stein.
Ob ich nun versuche, mich ganz behutsam
aus diesem Panzer zu befrein?

Ich steig auf den Hügel und atme die Weite.
Wie zart und versprechend das erste Grün –
ein Duft steigt herauf aus Wiesen und Feldern.
Hab ich dem Winter, und mir, nun verziehn?

Ein Vogel schickt jubelnd sein Lied mir herüber.
Es ist, als ob er nur mich allein meint.
Ich schließe die Augen – mein Herz möchte fliegen.
Und fast sind wir zwei nun wieder vereint.

Im Schlaraffenland

Als ich wieder festen Boden unter den Füßen spürte, fand ich mich auf einer frühlingsbunten Wiese wieder. Mächtige, zartrosa, weiß und lila blühende Bäume umgaben mich und spendeten mir mit ihren weit ausladenden Kronen kühlen Schatten. Beim Nähertreten traute ich meinen Augen nicht: Von den starken Ästen hingen an Papierseilen befestigte Bücher herab. An allen Bäumen wuchsen Bücher, überall nur Bücher!

Wie im Rausch rannte ich atemlos hin und her und erntete so viele, wie ich nur tragen konnte. Schließlich ließ ich mich unter einem riesigen Mandelbaum neben meinen Schätzen auf die Erde gleiten.

Gierig nahm ich ein Buch nach dem anderen in meine vor Aufregung zitternden Hände. Welches sollte ich nur als erstes lesen? Oder wäre es besser, einfach wahllos eines aus dem Berg herauszugreifen?

Überrascht bemerkte ich, dass sich mein rechtes Auge bereits entschieden und in dem Titel „Die Seele des Poeten" festgelesen hatte. Ich schüttelte den Kopf und staunte nicht schlecht, als auch mein linkes Auge seine Wahl getroffen hatte und zeitgleich den „Vormittag eines Schriftstellers" zu genießen begann. Zutiefst erschrak ich jedoch darüber, dass sogar meine Zunge ein Buch las: „Der bittere Geschmack der Zeit". Als sich dann meine Nase in den „Duft des Schnees" vertiefte, hielt ich nur ungläubig den

Atem an. Dass sich zu guter Letzt auch noch meine Ohren ver-
selbstständigten und voller Hingabe in „Die Stille des Winters"
und den „Silbergrünen Wasserfall" eintauchten, konnte ich erst
recht nicht fassen. Ich bewegte mich kaum, um niemanden zu
stören. Eine tiefe Ruhe breitete sich wie ein samtiges Tuch über
die Wiese und hielt schließlich auch in mir Einzug.

Plötzlich hörte ich eine wundersame, ganz neuartige Melodie,
die meine Sinne wohl in mir zu komponieren schienen. Wie elek-
trisiert und mit fliegenden Händen suchte ich Papier und Stift, um
die Worte dazu, die sich wie von selbst in meinem Kopf geformt
hatten, festzuhalten. Nur schnell, schnell musste ich sein, damit
sie nicht unaufhaltsam wie wilde, bunte Vögel davonflögen! In
meiner Tasche fand ich einen Bleistift und hetzte ihn ungeduldig
über die Seiten des kleinen Notizbuches. Endlich hielt ich inne,
um alles zu lesen. Doch was war das?!

Entsetzt riss ich die Augen auf – und fand mich zu Hause an
meinem Schreibtisch wieder. Vor mir ein beängstigend leeres, wei-
ßes Blatt; um mich herum die beleidigten Mienen meiner noch
immer ungelesenen Bücher.

Die alte Linde

Ursprünglich wollte ich mich unter ihrem schützenden, duftenden Blätterdach nur etwas ausruhen. Aber die alte Linde zog mich unwiderstehlich immer näher zu sich heran, bis ich mich schließlich ganz dicht vor den gewaltigen Stamm des greisen Baumriesen setzte.

Er war mehrere Meter hoch mit weichem, dunkelgrünem Moos bewachsen, das die schorfige, an vielen Narben leidende Rinde ab und zu frei ließ. Ganz unten, an den dicken, knorrigen Wurzeln, wuchsen aus dem Moos unzählige frische, hellgrüne Kleeblättchen, und aus dem Klee wiederum kleine, gezackte Walderdbeerblätter, die sogar eine winzige rote Frucht krönte. An der linken Stammseite kroch eine schwarze Schnecke gemächlich durch den Klee. Rechts, in einer Nische zwischen Stamm und unterem Ast, blinkte ein kunstvoll gewebtes Spinnennetz kostbar im hellen Morgenlicht.

Der alte Baum breitete seine starken Äste aus und bot allen Schutz und Geborgenheit. Jeder lebte voller Vertrauen sein Leben, ohne den anderen zu stören. Im Gegenteil: Er schien eine Bereicherung, eine Vervollkommnung für den anderen zu sein.

Nachdenklich strich ich über das samtige Moos und den zartgliedrigen Klee.

Ob es mir wohl gelingen würde, irgendwann einmal selbst wie diese Linde zu sein?

Schneider-Gustavs Haus

Als wir vor Jahren an einem strahlenden Sommertag hier vor Schneider-Gustavs morschem Zaun stehenblieben, stand die grob gezimmerte Tür des alten, schwarzen Holzhauses weit offen. Auf der rotbraunen Klinkerschwelle, die in der Mitte von vielen Generationen schon ganz ausgetreten war, hatte es sich eine grau-getigerte Katze mit weißem Lätzchen in der Sonne bequem gemacht. Es schien fast so, als ob sie die abgewetzten Holzpantinen bewachte, die vor der Tür standen.

Schneider-Gustav, der auf der Bank vorm Haus neben den Kletterrosen saß, fasste nach einem kurzen Blick aus den Augenwinkeln Richtung Haustür blitzschnell in seine Joppentasche und nahm einen tiefen Schluck. Schon öfter waren wir, von ihm unbeachtet, an seinem Haus vorbeigegangen. Doch diesmal schien er unsere interessierten Blicke zu bemerken und winkte uns brummend herein. Stolz beauftragte er seine Frau Anna, uns das Blockhaus zu zeigen, das er vom Vater und dieser wiederum vom Großvater geerbt hatte.

Neugierig traten wir über die krumme Schwelle in den kühlen, dunklen Flur, von dem Stube, Kammer und Küche ausgingen; beheizt vom großen Kachelofen in der Mitte, der gleich mehrere Räume wärmen konnte.

Anna legte die Leiter an die Luke in der Holzdecke, und wir kletterten hinauf auf den Dachboden. Was es hier für Schätze gab!

Alte Tonkrüge, die früher als kühlende Wasserflaschen bei der Arbeit auf dem Feld dienten, große *Gurken-Kruken* und braunglasierte Tontöpfe aller Größen, um Kirschmarmelade, Pflaumenmus, Schmalz und andere Köstlichkeiten für den Winter aufzunehmen. Alles genauso, wie es meine Großmutter aus ihrer ostpreußischen Heimat beschrieben hatte. Immer wieder strich ich über die Rillen und sanften Unebenheiten dieser alten, oft benutzten und von Hand geformten Gefäße, die beinahe zu leben schienen.

Anna drückte uns das ganze *olle Zeuch* in die Arme und ließ sich, wieder unten im Flur, nur widerwillig einen Geldschein aufdrängen. Kopfschüttelnd schlurfte sie über den Hof und sah uns nach, während wir unsere Reichtümer glücklich und ganz vorsichtig nach Hause trugen.

Heute ist wieder so ein Bilderbuch-Tag wie damals. Schneider-Gustavs Haus steht weithin sichtbar unter einer hohen, tiefblauen Kuppel mit beinahe unwirklichen weiß-grauen Kulissenwolken. Das Gelb Tausender von Löwenzahnsonnen scheint mit dem ihrer großen Schwester am Himmel um das leuchtendere Strahlen zu wetteifern.

Die Tür jedoch ist schon lange verschlossen. Das alte Blockhaus, das so viele Geschichten aus diesem Lausitzer Dorf erzählen könnte, soll nun doch abgerissen werden. Atemlos beobachte ich, wie die Spinnen vor den zerbrochenen Fensterscheiben ihr Lebenswerk weiter weben: ahnungslos und unbeirrt.

Meine Zeit
steht in deinen Händen

Auf einmal verdunkelte sich der Himmel, als ob die Nacht ihre bleiernen Schatten über das Land breiten würde. Eine Schar riesiger, schwarzer Vögel kam krächzend und schreiend direkt auf mich zu. Voller Angst wollte ich fliehen, aber meine Beine schienen fest im Boden verwurzelt zu sein. Eilig versuchte ich, die gefiederten Ungetüme zu zählen: neunundvierzig. Ausgerechnet neunundvierzig! Sie kamen immer näher, umkreisten mich, berührten mit ihren weit ausladenden Schwingen fast meine Schultern.

Plötzlich brach ein Gewitter los, wie ich es noch nie erlebt hatte. Der Himmel drohte von den Kaskaden gelb-roter Blitze, die in schneller Folge zur Erde rasten, förmlich zu bersten. Die schweren Wolken befreiten sich von ihrer Last und ließen kirschkerngroße Hagelkörner herniederprasseln, die sich schließlich in zartblaue Regentropfen verwandelten. Endlich wurde es heller, und ein paar mutige Sonnenstrahlen drängten sich aus dem noch immer dunklen Himmel hervor.

Und dann sah ich ihn: diesen fantastisch leuchtenden, das ganze Tal überspannenden Regenbogen, der seine geheimnisvoll schillernden Farben zur Erde schickte. Die schwarzen Vögel waren verschwunden. Aber aus den zartbunten Streifen des Regenbogens lösten sich sieben mal sieben kleine, genauso bunte Tauben, die alle ein Band in *ihrer* Farbe im Schnabel hielten. Als sie genau über mir waren, ließ jede ihres zur Erde schweben. So suchte ich auf der Wiese ringsum *meinen* Regenbogen zusammen, schlang ihn mir wie einen Schal um den Hals und ließ ihn im kühlen Abendwind flattern.

Das erste Geschenk zu meinem morgigen, neunundvierzigsten Geburtstag. Mein Vater hatte seinen damals um nur sieben Tage überlebt.

Das Zeit-Los

„Na, wer nimmt noch ein Los? Alles Hauptgewinne! Gehen Sie nicht vorbei an der Chance Ihres Lebens! Hierher, junge Frau! Versuchen Sie Ihr Glück!"

War ich etwa gemeint? Tatsächlich. Ich zögere. Also gut, eins kann ich ja probieren, davon werde ich auch nicht ärmer. Aber vielleicht reicher? Umständlich wühle ich in der Losschale und ziehe ein gelbes hervor, meine Lieblingsfarbe. Gespannt rolle ich es auseinander und lese: „Mit diesem *Zeit-Los* gewinnen Sie eine *Aus-Zeit*!"

Auf der Rückseite steht das Kleingedruckte: „Alles Weitere erfahren Sie morgen früh sechs Uhr!"

Merkwürdig, aber der Losverkäufer gratuliert mir und macht ein verschmitztes Gesicht. Also heißt es: warten auf morgen früh. Vorsichtshalber stelle ich meinen Wecker eine halbe Stunde eher, damit ich ja nichts verpasse. Vor dem Einschlafen male ich mir aus, was ich in dieser unverhofften *Aus-Zeit* alles unternehmen könnte. Eine Städte-Reise? Eine Bergwanderung? Oder doch lieber Besinnung im Kloster? Ich könnte natürlich auch zum Wellness-Urlaub fahren oder auf eine ganz einsame Insel und dort die vielen Bücher lesen, die sich traurig auf meinem Schreibtisch stapeln.

Als mein Wecker am anderen Morgen klingelt, schrecke ich hoch. Wo ist mein *Zeit-Los*? Ich suche auf dem Nachttisch, neben meinem Bett, unter dem Kopfkissen, in meinen Pantoffeln. Nichts. Absolut nichts. Ich reibe mir die Augen, öffne die Vorhänge und atme tief durch. Endlich komme ich zu mir.

„Na, meine Liebe, da hast du dich aber ganz schön an der Nase herumführen lassen! Ein *Zeit-Los* für eine *Aus-Zeit* – so ein Unsinn! Wie konntest du nur darauf hereinfallen?"

Dabei hätte ich eine Pause so dringend gebraucht! Ein Blick auf die Uhr treibt mich zur Eile, aber der Kalender neben der Badtür tröstet mich damit, dass morgen schon Freitag ist. Und schönes Wetter haben sie auch angesagt. Aber nein – mein hoffnungsvolles Lächeln erstirbt sofort wieder: Für dieses Wochenende hatte ich mir doch den großen Hausputz vorgenommen, weil Tante Greta in einer Woche kommt. Und die ist ja so eigen! Nun ja, was sein muss, muss sein.

Missmutig trotte ich zurück ins Zimmer und stülpe mir irgendein Kleid über. Beim Frisieren erblicke ich ein griesgrämiges Gesicht im Spiegel, dem ich Grimassen schneide. Mein Herz rebelliert, und in meinem Kopf hakt sich ein Bild aus der Kindheit fest: eine völlig erschöpfte Mutter zu Festtagen, dafür eine blitzende und perfekt aufgeräumte Wohnung. So wollte *ich* doch niemals werden!

Entschlossen lasse ich Kamm und Spraydose fallen, renne zum Schreibtisch und komme mit einem gelben Klebe-Zettel zurück. Am Spiegel steht jetzt in Großbuchstaben:

ZEIT-LOS FÜR EINE AUS-ZEIT. SAMSTAG RADTOUR!

So! Und Tante Greta? Ach, die sieht sowieso nicht mehr so gut wie früher!

Aus Zeit

Ich strick mir einen Schal aus Zeit,
aus meiner Lebenszeit:
bunt leuchtend und schillernd im Glanz,
tiefschwarz und in trostlosem Grau.

Die Maschen groß und voll Schwung
oder eng aneinandergekrampft.
Eine, verloren, flieht weit hinunter,
wieder zum Anfang.

Das Garn mal voll Noppen,
mal dünn und brüchig,
zerrissen sogar und
zitternd geknüpft.

Mein Schal ist mir Schutz,
trotz aller Lücken.
So lässt er Wind und Sonne hindurch.
Einen Rand oder Fransen hat er nicht –

noch soll er kein Ende haben.

La dolce vita

Urlaubsimpressionen und Reisegedanken

Aus meinem italienischen Reisetagebuch

*L*ucca ist eine toskanische Stadt voller Überraschungen. Ich gehe durch einen mächtigen, steinernen Torbogen und finde mich auf einem großen, ovalen Platz wieder, der lückenlos von pastellfarbigen Häusern umschlossen wird. Die „Piazza dell' Anfiteatro" liegt direkt über der Arena des alten römischen Amphitheaters. Schläfrig blinzeln die Häuser, auf dessen alten Fundamenten erbaut, in die Nachmittagssonne. Keine Spur jedoch von ehrfurchtsvollem Erstarren vor so viel Historie: Aus dem obersten Stockwerk des hellblauen Hauses da drüben flattert eine rotgelb-karierte Decke, einem Banner gleich. Viele Fenster sind mit Blumen geschmückt und auf einem winzigen Balkon hat sogar ein Fahrrad Platz gefunden.

Auf der Piazza geht es gemütlich zu. Man sitzt unter einem der großen, bunten Sonnenschirme, isst *Bruscette* oder Pasta, trinkt Capucchino oder *Vino Rosso* und lässt Beine und Seele baumeln. Ich schlendere von einem Geschäft zum anderen, betrachte sehnsüchtig von Hand bemalte Keramik und bunte Leinentischdecken, von denen ich zu Hause leider schon genug habe. In den Spezialitätenläden werden Olivenöl, *Aceto balsamico*, Pasta in Geschenkverpackungen, Gewürze und natürlich Wein angeboten.

Aber nirgends entdecke ich das, was wir wirklich brauchen: Brot. Ich nehme all meinen Mut und meine spärlichen Italienischkenntnisse zusammen und frage nach *Pane* oder *Panini*. Immerhin scheint mich der freundliche Händler verstanden zu haben und überschüttet mich, ohne Luft zu holen, mit einem Schwall von Erklärungen. Schließlich gelingt es ihm, mir begreiflich zu machen, dass heute in ganz Italien Feiertag ist und es erst *domani*, also morgen, wieder Brot gibt. Den Feiertag haben wir in all dem Trubel ganz vergessen.

Va bene, muss sich also unser guter *Chianti* heute Abend wohl oder übel ganz international mit *Burger Knäckebrot* anfreunden!

Von Café au lait und französischen Betten

Nachwende-Erlebnisse zweier ehemaliger DDR-Bürger

In unserer ersten französischen Ferienwohnung bekommen wir zum Frühstück zwei mittlere Schüsseln serviert: als Teeschalen eigentlich viel zu wuchtig, aber Tassen oder Gläser fehlen. Ratlos sehen wir uns an. In einer Kanne finden wir Kaffee, dazu in einem Topf heiße Milch. Da kommmt uns endlich die Erleuchtung, und so, als hätten wir nie etwas anderes getan, bereiten wir uns in den großen Schüsseln einen *Café au lait*, den berühmten französischen Milchkaffee. Dazu gibt es *Baguette*, das man, ebenso wie die knusprigen *Croissants*, bequem in die recht umfänglichen Schalen tunken kann (*ditschen*, wie wir Sachsen sagen). Und das ist dortzulande nicht nur bei diversen Zahnproblemen üblich.

Hinter das Bettengeheimnis zu kommen, war am Vorabend allerdings noch wesentlich schwieriger. Auf dem frisch bezogenen Doppelbett gab es zwei Kopfkissen, aber nur eine einzige, allerdings sehr große Wolldecke. Die war in eine Art der bei uns früher bekannten Steppdeckenbezüge eingeschlagen, jedoch lose, ganz unbefestigt, und nur zur Hälfte. Misstrauisch untersuchten wir den Fall weiter und stellten fest, dass das andere Ende einfach am Fußteil ganz fest unter die Matratze gestopft worden war. Na, das konnten ja interessante Nächte werden, in denen jeder verbiestert an seinem Deckenzipfel zerren würde!

Aber, *voilá*, nichts dergleichen passierte: Die Decke war tatsächlich groß genug für uns beide.

In unserem nächsten Quartier, wenige Tage später, können wir von diesen taufrischen Erfahrungen zum Glück schon zehren, denn hier müssen wir uns die Betten selbst beziehen. Siegessicher gehen wir ans Werk. Aber diesmal liegt lediglich die steife, kratzige Tagesdecke mit Rüschen auf dem Bett, ergänzt von einem der uns inzwischen bekannten, meterlangen Halbbezüge. Sollen wir etwa unter diesem Monstrum schlafen?! Aber wie wäre da mit dem sogenannten Bezug zurechtzukommen?

Nach einer gründlichen, systematischen Zimmerdurchsuchung finden wir schließlich, ganz hinten und tief unten im Kleiderschrank, so ein Riesenexemplar von Schlafdecke. Wir verkleiden sie so recht und schlecht, aber mit fast schon französischem Schwung, mit diesem lakenartigen Couvert. Und, oh Wunder, irgendwie gelingt es uns sogar, in der Nacht stets am richtigen Zipfel zu ziehen und uns am Morgen aus diesem wüsten Knäuel zu befreien.

Als wir etliche Jahre später bei unseren französischen Freunden in Paris übernachten, mit einer gewissen Vorfreude auf nächtliches „Kuddelmuddel" gefasst, staunen wir jedoch nicht schlecht. Sowohl unsere als auch die beiden Einzelbettdecken unserer Gastgeber sind mit deutscher Bettwäsche bezogen! Es wäre praktischer so, meinen sie achselzuckend. Und fast tut es uns ein wenig leid um diesen „Verfall" der französischen Sitten.

Ein Gläschen Wein

Die Kleinstadt Apt scheint sich verträumt in der Sonne zu räkeln. Bevor wir die Provence gen Norden verlassen müssen, schlendern wir noch einmal durch die engen, romantischen Gassen. Auf dem Bauernmarkt kaufen wir knackig-frisches Gemüse, aromatisch duftende Honigmelonen, eingelegten Ziegenkäse, Oliven mit Knoblauch und knusprig-warme Baguettes. Beladen mit Tüten und Beuteln wollen wir eigentlich zum Parkplatz zurück, als ich etwas abseits einen Winzer entdecke, der zur Verkostung einlädt.

„Weißt du", sage ich zu meinem Mann, „jetzt fehlt zu unserem Menü nur noch der passende Wein".

„Nein, nein", entgegnet er ganz entschieden, „wir haben schon genug Wein und gar keinen Platz mehr im Auto!"

„Hmmmh ..."

Trotzdem trete ich neugierig näher, und schon habe ich ein Gläschen Rotwein in der Hand. Er duftet nach Johannisbeeren und Kirschen, ist von tief rubinroter Farbe und hat einen kräftig-fruchtigen Geschmack. Ich bin begeistert und genieße mit geschlossenen Augen.

Et Monsieur? Monsieur nimmt nun doch ein Glas, prüft und schaut sehr zufrieden drein. *Oui*, erklärt er bedächtig nickend, er wolle drei Flaschen von dem *vin rouge*, oder doch lieber fünf? Der Winzer empfiehlt aus Transportgründen gestenreich einen ganzen Karton mit sechs Flaschen, und *Monsieur* stimmt einsichtig zu. Ich bin sprachlos.

Ob *Madame et Monsieur* nicht auch den *Rosé* einmal probieren wollen? Nicht kaufen, *non* ... Und *Madame et Monsieur* können nicht widerstehen. Auch der *Rosé* ist fantastisch, er leuchtet hellrot im Sonnenlicht und hat das Aroma wilder Erdbeeren.

Was nun? Fragend schaue ich zu meinem Mann. Aber *Monsieur* hat schon weltmännisch entschieden, dass wir auch davon einen Karton mitnehmen, und „plaudert" nun gestenreich mit dem Winzer aus Roussillon über den Wein und die herrliche Gegend.

Und der Platzmangel in unserem Auto? Ach, kein Problem. Irgendwo würde sich doch noch ein Eckchen finden!

Provence

Zerzaustes Mädchen voll Übermut
im flammenden Mohn,
unter üppigem Ginster,
als blau-lila Königin
im Duft von 1001 Tag.

Reife Frau im blumigen Kleid:
Verführung zwischen Himmel und Erde,
Geheimnis aus Wasser und Stein.
Herbe Schönheit mit Spuren der Zeit,
leuchtend im frühen Abendlicht.

Weises Mütterchen im verwunschenen Garten
unterm silbergrünen Olivenbaum,
Geschichten erzählend
von gestern und heute,
vom großen Traum: *La vie est belle!*

Wasser und Stein

Almbachklamm in den Berchtesgadener Alpen. Ich beobachte, wie sich der mächtige Wasserfall, kaskadenartig ins Tal stürzend, unerbittlich seinen Weg durch die Felsen- und Steinwelt gebahnt hat, tiefe Einschnitte hinterlassend. Dann spalten sich, weiter zum Tal zu, zwei kleine Bäche ab, die eigentlich nur schwache Rinnsale sind. Sie werden wohl keine Kraft haben, den harten, abweisenden Felsen zu verändern. Oder doch?

Ich beuge mich weit vor über das Geländer, um im Seitenlicht besser sehen zu können. Unglaublich, aber ich entdecke zwei flache, sanft ausgeformte Mulden; in geduldiger, ausdauernder Arbeit über die Jahrhunderte hin entstanden. Winzige Spuren, aber gut erkennbar für den, der sie sehen will.

Mein Blick gleitet weiter hinunter zum Bach mit den vielfarbig schimmernden, großen und kleinen Marmorsteinen. Die meisten von ihnen hat das Wasser mit seiner unbändigen Kraft rund geschliffen. Die ursprünglichen Ecken und Kanten sind abgeschmirgelt, wodurch sie jedoch keineswegs gefälliger, glatter aussehen. Nein, besonders typische Eigenarten, vom Wasser freigelegt, treten nun ganz deutlich hervor. Sei es ein andersfarbiger Einschluss, eine feine Maserung oder eine besonders eigenwillige Form: Ihre wahre, innere Schönheit tritt jetzt erst zutage. Die Steine gewinnen an intensiver Leuchtkraft, wenn sie sich dem strömenden Wasser widerstandslos hingeben. Diejenigen aber, die sich abzusondern und dem Bach zu entziehen versucht haben, wirken dagegen blass und farblos, ohne eine charakteristische Besonderheit.

Und plötzlich fällt es mir wie Schuppen von den Augen. Mir wird mit einem Mal bewusst, dass auch die Pole *meines* Lebens „Wasser" und „Stein" sind, formen und geformt werden, tun und geschehen lassen.

Lieber Kohelet

Heute sind wir mit unserem gemieteten Hausboot unterwegs nach Trèbes. Vorhin war ich besonders mutig und kletterte während der Fahrt auf dem schmalen Steg um das Boot herum, damit ich nun die Aussicht vom Bug genießen kann. Dieses langsame Dahingleiten auf dem romantischen Canal du Midi ist wie Balsam für Körper und Geist; da kommt wenigstens mal die Seele hinterher. Im Alltag ist das ja leider kaum der Fall.

Aber jetzt, hier auf dem Boot, kann ich die Schönheit jeder einzelnen, gemächlich vorüberziehenden Platane bestaunen und nicht nur einen vorbeihuschenden grünen Streifen. Nun ist es mir sogar möglich, die ahornartige Form der Blätter zu erkennen und eine der kleinen runden, stachligen Früchte zu pflücken. Wenn ich will, kann ich mich auch nach einem besonders schönen Flecken rot-flammenden Mohns umschauen, um ihn noch länger bewundern zu können.

Jetzt, gerade jetzt ist dies alles möglich. *„Alles hat seine Zeit"*, hast Du in der Bibel geschrieben, Kohelet. Und diese Zeit der Langsamkeit genieße ich! Wenn – ja, wenn nachher nicht die Dreifachschleuse käme; mit den zu meinen Aufgaben gehörenden, schwierigen An- und Ablegemanövern, mit dem scharfen Kantenwind und der Strömung!

Was meinst Du: Passen diese beiden Zeiten überhaupt zusammen? Die Zeit des Genießens, der Langsamkeit – und kurz darauf die Zeit der Anspannung und Aufregung? Muss das Leben immer so ablaufen, sogar im Urlaub? Ja, ich weiß: Gott hat niemals versprochen, dass es uns immer gut gehen wird. Und Du hast auch den Rat notiert: *„Genieße und sei zufrieden mit deinem Teil".* Nun, da wirst Du wohl wieder einmal recht haben. Und einen wirklich ungetrübten Genuss gibt es vielleicht nur für Augenblicke, in denen uns Menschen diese Zufriedenheit gelingt.

Hmmm, jetzt kommen ganz verführerische Düfte aus der Kombüse, und mein Smutje ruft mich ungeduldig zum Essen. Heute gibt es in Butter gebratene Jakobsmuscheln mit grünem Spargel und dazu bestimmt wieder ein Schlückchen von unserem herrlich fruchtigen, hiesigen Rosé. Da muss ich sofort los, Kohelet. Das wirst Du als „alter Genießer" doch sicher verstehen!

Bis später, Deine R.

Fast zu schön

Ein Bilderbuchtag unter südlicher Sonne, an dem unser Auto den Weg zur *Route de crête* wie von allein findet. Und plötzlich habe ich sie endlich wieder: meine ersehnten Ausblicke von weit oben über die blumenbewachsenen, hellgelben Felsen hinab auf das traumblaue Meer; über die Bucht von Cassis, die winzige vorgelagerte Insel, die „Spielzeugschiffe" und die weißen Kronen auf den sanft spielenden Wellen. Wie damals. Eben fast *zu* schön.

Das sind solche Momente, in denen ich einen halben Schritt neben mir stehe, die Wirklichkeit mit allen Sinnen in mich einsauge wie ein trockener Schwamm. Doch gleichzeitig probiert mein Unterbewusstsein schon ein paar Formulierungen, um wenigstens einige Gedanken und Eindrücke in mein „Buch der Erinnerungen" aufzunehmen.

Und ich möchte so gern, dass es mir ab und zu gelingt, die Uhr „anzuhalten", mich dem erbarmungslos alles mitreißenden Fluss der Zeit zu verweigern. Ich will einfach *das* in Ruhe genießen, was *jetzt gerade* ist; so, als gäbe es niemals etwas anderes, kein Vorher und kein Nachher.

„Wenn ich gehe, dann gehe ich. Wenn ich sitze, dann sitze ich ...", so hat es einmal ein buddhistischer Meister treffend formuliert.

Später, unten im Hafen von Cassis, kann ich mich nicht sattsehen an den Fassaden der pastellfarbenen Häuser mit den hohen, hellblauen Fensterläden, den bunten Booten, den Zypressen und Schirmpinien auf dem gegenüberliegenden Hügel. In einem kleinen Lädchen kaufe ich mir einen Kalender für das nächste Jahr mit Motiven von hier, vom Süden; als Trostpflaster für die Seele und zum Weiterleben der Träume in den langen, dunklen Wintertagen.

Mitten im Sommer?

Letzter Tag. Nach anfänglich trüb-grauem Himmel zieht es sich endlich auf, und die Berge verlassen ihr Wolkenversteck. Längs des Weges am Bach entlang versprüht die Natur ein Blütenfeuerwerk in allen erdenklichen Farben. Sie leuchten so frisch und unberührt wie am allerersten Morgen, und Wassertropfen auf Gräsern und Blättern glitzern wie Perlen im Gegenlicht.

Um mich herum ein Lied aus Zwitschern, Zirpen und Summen, in das sich der Tiefe Baß des Bergbaches machtvoll drängt, während er sich rauschend und tosend seinen Weg hinab ins Tal bahnt. Ich versuche, den Duft von frischem Holz, Kräutern und üppigem Sommer bis tief in meine Seele einzuatmen.

Plötzlich stockt mein Fuß, ein leises Erschrecken: Vor mir liegt ein gelb-braunes Ahornblatt, wie ich es sonst nur von meinen Oktoberspaziergängen her kenne. Suchend schaue ich mich um. Nein, es ist nur dieses eine bunte Blatt, das mich aufhält, so als ob es mir eine Botschaft überbringen wollte. Nur – welche?

Ich setze mich auf einen mächtigen, oben etwas abgeflachten Stein und drehe das Blatt in meiner Hand suchend hin und her. Eine geheime Botschaft finde ich darauf natürlich nicht. Aber dann kommt mir ein Gedanke: Vielleicht möchte es mich daran erinnern, dass der Herbst nicht mehr fern ist und ich jede Stunde *meines* Sommers ganz intensiv erleben soll? Mit allen Fasern meines Seins genießen?

Im langsamen Weitergehen scheint es mir jetzt so, als ob das Wasser noch klarer dahinfließen würde und die Steine im Bach in kräftigeren Farben leuchteten. Auch die Sonne kommt wieder ganz hinter den nun freundlichere Bilder malenden Wolken hervor.

Nachdenklich und ganz vorsichtig berühre ich mit den Fingerspitzen eine kleine, enzianblaue Glockenblume, die aus einem schmalen Spalt im Fels herauswächst: anspruchslos, grazil, einfach sich selbst und mir zur Freude.

Septembertag

Schwalben überm Nachbarhof,
tausend an der Zahl,
sammeln sich zum Sonnenflug.
Sommer wird nun fahl.

Über Feld und Wiese weht
leis Melancholie,
stäubt die „fünfte Jahreszeit"
Septemberpoesie.

Web aus Apfelsonne mir
ein warmgoldnes Kleid,
dass ich überstehe heil
Sturm und Winterszeit.

Die Sandbank

Auch heute genieße ich den Anblick des Meeres schon von den Dünen aus, bewundere die silbrigen Glitzerpunkte auf dem Wasser und lasse mir das Haar aus der Stirn blasen. Dann versinken meine Füße im feinen, warmen Sand, und die ersten Wellen lecken wie mit gierigen Zungen an mir. Ich spiele dieses uralte Spiel mit und lasse mich immer weiter hineinlocken. Schon geht mir das Wasser bis zum Kinn. Jetzt kann ich nur noch schwimmen. Ein wunderbares Gefühl, so leicht, beinahe schwerelos zu sein!

Doch dann wird das Meer mit einem Mal unruhig. Immer wieder klatscht mir eine Welle ins Gesicht. Meine Arme werden schwerer und schwerer, mein Herz rast. Das Atemholen wird zur Qual. Aber gleich muss die Sandbank kommen, dort kann ich mich endlich ausruhen. Hier! Ich versuche, mich aufzustellen, habe aber keinen Grund unter den Füßen. Ein eisiger Schreck durchzuckt mich: Wo ist die Sandbank?

Eine größere Welle reißt mich herum. Ich gehe unter, verschlucke mich, tauche wieder auf, kriege keine Luft mehr. Ich nehme all meine Kraft zusammen und schreie, schreie gegen den Wind und die Wellen. Aber es wird nur ein leises, heiseres Krächzen, das wohl niemand hört.

Wo sind die anderen?! Und wieder eine Welle und noch eine – ich kann nicht mehr ...

Irgendwann, nach einer endlosen Zeit, bekomme ich einen Arm zu fassen. Mit Mühe erreichen wir schließlich die Sandbank, die in der Nacht durch Sturm und Wellengang weiter hinausgewandert sein muss. Meine Freundin hält mich fest, bis ich von vier kräftigen Händen ins Schlauchboot gehoben werde. Als ich am Strand aussteigen will, knicken meine Beine wie Hölzchen ein. Trotz der Hitze zittere ich, und meine Zähne schlagen klappernd aufeinander.

In sonnenwarme Handtücher gehüllt, schaue ich hinaus aufs Meer, das noch genauso silbrig-grau und endlos vor mir liegt. Der Wind streicht sanft über mein Gesicht, und ich schmecke dieses würzige Salz auf den Lippen. Ich höre die Wellen wieder dumpf an den Strand rollen und habe noch immer den herben Geruch von Tang und Teer in der Nase.

Alles wie vorher. Und doch – ganz anders.

Verwunschene Zeit

*G*anz langsam breitet dieser Septembertag immer länger werdende Schatten über die Insel. Hoch über dem steinigen Strand und den kieferbewachsenen Dünen habe ich eine überwältigende Aussicht auf das taubenblaue Wasser des Boddens und zum offenen Meer hinter der nahen Landzunge.

Hier oben, auf unserer einsamen Bank, wollen wir Abschied feiern: Abschied von der Insel, vom Meer, vom Sommer. Wir holen eine Flasche Merlot und zwei Gläser, ein halbes Weißbrot und ein Stück Käse aus unserem Rucksack. Der orange-rote Sonnenball sinkt immer tiefer und überschüttet das Meer mit Millionen von Glitzerpünktchen. Eine sanfte, beruhigende Stille breitet sich aus. Ich höre nur das fast behutsame Rauschen der Wellen, das Zirpen einiger Grillen hinter mir in den Heckenrosen und das Schreien der Möwen, das jetzt am Abend auch leiser zu werden scheint.

Wir stoßen an auf unseren Urlaub, auf diese bezaubernde Insel, auf die Schöpfung überhaupt. „Lobe den Herrn, meine Seele …" Wie gebannt beobachte ich die Sonne, die jetzt beinahe die Horizontlinie berührt. Gleich wird sie ins Meer eintauchen und binnen weniger Minuten ganz verschwunden sein.

Und wieder, wie schon so oft in glücklichen Momenten, wächst in mir der Wunsch, die Zeit einfach anhalten zu können. Sie anzuhalten, damit sich dieser Augenblick bis ins Unendliche dehnt und ich ihn ganz entspannt und ohne Angst, ihn zu verlieren, genießen kann.

Plötzlich passiert es: Eine Möwe, die gerade zur Landung auf einem großen Stein im Wasser ansetzt, bleibt einfach regungslos in der Luft stehen; eine größere Welle, die gleich an den Strand rollen müsste, wird in ihrer Bewegung wie in einer Filmaufnahme angehalten. Es ist auf einmal windstill, und die eben noch heftig schwankenden, hohen Grashalme zu meinen Füßen bleiben fast bis zur Erde geneigt. Überhaupt ist es gespenstisch still: kein Möwengeschrei, kein Grillenzirpen, nichts. Auch die Sonne verändert ihre Position nicht. Dabei warte ich doch auf ihr Eintauchen ins Meer!

Zutiefst erschrocken will ich aufspringen, aber das ist unmöglich. Ich kann mich nicht im Geringsten bewegen, nicht aufstehen, ja nicht einmal mein Weinglas zum Mund führen! Wie in die Ewigkeit eingefroren komme ich mir vor; für eine endlos lange Zeit.

„Sag mal, träumst du? Probier mal den Merlot, er schmeckt fantastisch!"

Wieso kann *er* denn sprechen und trinken? Wo alles rundum doch erstarrt ist? Vorsichtig versuche ich, meine Füße zu bewegen, hebe mit Mühe einen Arm. Ja, es ist wieder möglich! Erleichtert atme ich auf. Mein „Dornröschenprinz" hat mich von diesem Bann erlöst, und nach dem ersten Schluck Rotwein kommt wieder Leben in meine Glieder. Auch der Käse schmeckt wunderbar, den ich beinahe, ebenso wie den Wein, überhaupt nicht hätte genießen können!

Die Möwen ziehen wieder kreischend ihre Kreise und holen sich unsere Brotkrumen. Die Wellen rollen leise murmelnd ans Ufer; und die Sonne beginnt, einen blutroten Streifen aufs

Meer zu zaubern und sich mit zarten Schleierwolken zu umgeben. Auch, wenn sie in Kürze verschwunden sein wird, schaue ich dankbar auf den sich mehr und mehr türkis und orange färbenden Abendhimmel.

Ja, alles hat seine Zeit ...

Und es ist wohl doch gut, dass niemand daran „drehen" kann.

Provençialischer Markt

Wieder einmal ist der letzte Urlaubstag da. Wir bummeln zum Abschied über den Markt dieser kleinen Stadt im Süden der Provence, die uns inzwischen richtig ans Herz gewachsen ist.

Ein letztes Mal tauchen wir ein in das betörende Meer aus Farben und Düften; in die trublige Geräuschkulisse aus den werbenden Rufen der Verkäufer, dem Feilschen der Kunden und dem Lachen von Touristen aus aller Welt.

Die Obst- und Gemüsestände zieren Pyramiden aus Tomaten in allen Rot-, Gelb- und Grüntönen, dabei in Formen, die wir noch nie zuvor gesehen haben. Und der verlockende, intensive Duft von reifen Honigmelonen, die ganz in der Nähe geerntet werden, steigt uns verführerisch in die Nase.

An einer langen Tafel mit Bergen von bunten provençialischen Stoffen stehe ich dann vor der Qual der Wahl: Nehme ich nun die Tischdecke mit dem Olivenmuster oder doch lieber die mit den Sonnenblumen? In unser Haus würden beide passen ... Die kleinen, bunten Lavendelsäckchen brauche ich auch noch, als Geschenk für unsere Freunde daheim.

Ungeduldig drängt mich mein Mann weiter zum nächsten Stand. Dort entdecke ich eine neue Spezialität.

„Hier, guck mal, Ziegenkäse in Kastanienblättern! Ob wir den mit nach Hause nehmen können, was meinst du?"

„Klar, dieser *Banon de banon* ist doch gerade durch die Gerbstoffe der Blätter lange haltbar!", meint er.

Ich dachte immer, dass man Käse nur in Weinblätter einrollen kann und staune, was mein lieber Mann so alles weiß. Also probieren wir die Köstlichkeit, sind begeistert und lassen uns einen dieser sternförmig mit Bast verschnürten Weichkäse aus roher Ziegenmilch einpacken. Ja, hier in der bergigen Landschaft ist die Ziege die Kuh des armen Mannes, denn sie gibt sich auch mit der hiesigen, eher spärlichen Vegetation zufrieden.

Ich sehe mich weiter um und seufze. Ach, wie jammerschade es doch ist, dass wir von all dem Obst nichts mitnehmen können, das wie auf Cézannes Stillleben malerisch in Szene gesetzt ist. Diese vielen Sorten duftender, tiefroter Erdbeeren, die schwarzglänzenden Kirschen, die samtigen, gelbroten Pfirsiche und Aprikosen!

Am Ende unseres Rundgangs entdecke ich doch tatsächlich einen alten Bekannten.

„Sieh mal, da drüben, der Winzer aus Roussillon vom vorigen Jahr!"

Damals hatte er uns zum Kauf verführt, obwohl wir eigentlich gar keinen Platz mehr im Auto hatten. Aber diesmal bleiben wir hart, denn wir wollen zu Hause ja den intensiv fruchtigen Wein aus dem Bergdorf Bonnieux genießen, für den wir uns vor ein paar Tagen nach einer ausgiebigen Verkostung entschieden haben. Besonders angetan waren wir da von dem wärmenden Roten. Den werden wir daheim sicher brauchen, wenn wir hinter unserem Haus, fröstelnd in dicken Pullovern, dem meist leider viel zu kurzen nördlichen Sommer nachtrauern und missmutig auf die immergrüne Agave starren, die tapfer mit uns ausharrt.

Dann wird es zum Trost ein Glas eingefangene südliche Sonne geben; und ein Traum vom nächsten Urlaub kostet ja nichts.

Glücksmoment

Zeit, unendlich viel Zeit.
Verweilen in meinen Träumen …
Ein Augenblick wird zur Ewigkeit.
Und diesen will ich nicht versäumen!

Im Weihnachtsland

Von der schönsten Zeit des Jahres

Stollenbacken

Wenn die Tage immer kürzer wurden und der erste Schnee von uns Kindern längst jubelnd begrüßt worden war, nahte endlich wieder mein lang ersehnter Stollen-Backtag. Am Abend vor diesem Ereignis machten wir, das heißt Mutti und ich, uns mit dem großen, weiß-emaillierten Milchkrug auf den Weg zu unserem Bäcker Zemmrich in der Silberhofstraße. Die Milch musste beizeiten da sein, damit das Hefestück angesetzt und in der warmen Backstube gehen konnte.

Zu Hause hatte es an diesem Tag schon allerhand zu tun gegeben. Als erstes waren die Rosinen gründlich verlesen und von den kleinen Stielen befreit worden, bevor Mutti sie wusch und in Vatis guten Weinbrand einlegte, damit sie schön ausquollen. Mich reizte eine Kostprobe davon nicht so sehr, aber Vati kam schon mal „ganz heimlich" naschen. Schließlich hatte er ja das „Wichtigste" zum Stollenbacken gespendet!

In der Zwischenzeit mussten alle weiteren Backzutaten, außer dem Mehl, genau nach Omas Rezept abgewogen und, säuberlich verpackt, in unserem großen Wäschekorb verstaut werden. Der war vorher mit weißen, frisch gerollten Küchenhandtüchern ordentlich ausgeschlagen worden. Was man damals für einen Aufwand getrieben hat! Mir machte das Mandelschnipsen den meisten Spaß. Besonders lustig war es, wenn einige der vorher in heißem Wasser eingeweichten süßen Mandeln mit einem „plopp" quer durch die Küche sausten. Wenn sie wieder trocken waren, wurden sie in der kleinen Mandelmühle fein gemahlen. Alles von Hand, mit kräftigem Kurbeldrehen! Damals gab es noch nicht so viele elektrische Haushaltsgeräte, ganz zu schweigen von fertig gemahlenen Mandeln und Nüssen.

Mit dem Besorgen der Backzutaten war es in den 50er-Jahren sowieso recht schwierig. Wer wie wir kein Paket aus dem Westen erhielt, musste spätestens Anfang November mit Argusaugen durch die wenigen Läden streifen, um ja nicht den Zeitpunkt zu verpassen, wo es Rosinen, süße und bittere Mandeln (die noch nicht als Gift in die Apotheken verbannt waren), Zitronat, Butterschmalz und andere begehrte Sachen auf Zuteilung gab. Das Schild „Bitte nur eine Packung entnehmen!" gehörte fast schon zum Alltag. Aber dank Muttis und Omas Wachsamkeit und der Solidarität unter den Nachbarn („Im Konsum gibt's Rosinen!") ist es uns in jedem Jahr gelungen, alles gerade noch rechtzeitig zusammenzutragen.

Am nächsten Morgen war es endlich so weit. Wir zogen mit unserem Schlitten oder, wenn noch kein Schnee lag, mit dem Holzwägelchen und unserer kostbaren Fracht darauf los zur Bäckerei. Meine Aufgabe war es, hinten darüber zu wachen, dass der Wäschekorb mit unseren Schätzen ja nicht ins Rutschen geriet.

In der Backstube angekommen, verschlugen uns die feuchtwarme Luft und das muntere Geschnatter wartender Frauen zunächst den Atem. Wenn wir schließlich an der Reihe waren, verschwanden all unsere Zutaten, samt Mehl, Milch und dem Hefestück, in einer großen Teigmulde. Der Bäckermeister wirtschaftete und walkte, bis zu den Ellbogen beschmiert, im Teig herum. Mir machte es Spaß zu sehen, wie die Rosinen immer gleichmäßiger den hellen Teig mit Pünktchen durchsetzten. Zwischendurch ermahnte Meister Zemmrich einige Hausfrauen lachend, nicht so viele Rosinen zu naschen, da sie sonst für die Stollen nicht reichen würden.

Endlich war unser Teig fertig. Auf dem riesigen Holztisch wurde er in acht bis zehn kugelähnliche kleine Häufchen aufgeteilt. In die Mitte durfte ich jeweils ein metallenes Stollenzeichen mit unserem Namen stecken. Dann kamen diese Teighäufchen auf je ein Backblech, erhielten ihre endgültige Form und wurden nach dem Gehen in den Backofen geschoben. Wir hatten nichts mehr zu tun und waren zunächst, bis zum Abend, entlassen.

Doch dieser Tag hielt noch mehr Interessantes für mich bereit. Mit Hans-Jürgen, meinem gleichaltrigen Spielfreund aus der Wohnung über uns, ging es nun an unser eigenes „Stollenbacken". Seine Mutti hatte uns die große Zinkbadewanne, die sonst dem wöchentlichen Badetag vorbehalten war, in die Küche gestellt und mehrere Wassereimer voll Schnee heraufgeschleppt. Emsig kneteten und formten wir Eisstollen, bis unsere Hände fast abgestorben waren. Anschließend bohrten wir die „Rosinen" hinein, kleine Holz- oder Kohlestückchen. Es machte uns einen Riesenspaß, und die kalten Hände spürten wir gar nicht. Aber leider zerschmolz unser „Stollen" irgendwann zu einer großen, dunklen Pfütze, auf der die falschen Rosinen schwammen.

Nachmittags fieberte ich schon dem nächsten Ereignis entgegen, denn am Abend durften wir unsere fertigen Stollen abholen. Ich konnte es kaum erwarten, dass es endlich dunkel wurde. Wenn es schneite, beobachtete ich im Schein der alten Straßenlaternen, wie die Schneesternchen tanzten, im gelben Licht glitzerten und glänzten. Dann war es für mich fast schon ein bisschen wie Weihnachten. Als wir die Silberhofstraße hinuntergingen und uns der Bäckerei näherten, stiegen uns schon verführerische Düfte in die

Nase. Und erst, wenn wir in den Weg zum Hof einbogen, wo überdacht im Freien, auf großen Holzbrettern, die Stollen auf uns warteten! Ganz sorgfältig legten wir sie in unseren Wäschekorb zwischen die frischen, weißen Leinenhandtücher, damit ja keiner zerbrach. Und sehr vorsichtig machten wir uns mit dieser kostbaren Fuhre auf den Heimweg.

Zu Hause kam ein Stollen nach dem anderen in die beiden großen Schubladen unserer Kommode im Schlafzimmer. Dort, in dem nur zwölf Quadratmeter großen Raum, schliefen wir alle drei, später auch noch mein kleiner Bruder, inmitten dieser betörenden Düfte. Naschen war absolut verboten. Ein kleiner Probestollen wurde zu Vatis Geburtstag am 8. Dezember angeschnitten. Die restlichen bewahrten meine Eltern eisern bis zum Heiligen Abend auf. So war es in Vatis Familie schon seit Generationen üblich gewesen, und so sollte es auch bleiben.

Eines Abends konnte ich der Versuchung aber doch nicht widerstehen. Vati hatte wieder einmal einen Farblichtbilder-Vortrag über Freiberg für Urlauber zu halten, und Mutti begleitete ihn, um den Dia-Projektor zu bedienen. Ich war also mit meinem etwa einjährigen Bruder zu Hause allein, und er wollte und wollte nicht einschlafen. Ich hatte ihm schon alle Lieder vorgesungen, die mir einfielen, aber er weinte weiter vor sich hin. Was nun?

Da kam ich auf den Gedanken, dass er vielleicht Hunger haben könnte, und zog mit aller Kraft an den beiden Griffen der schweren Kommoden-Schublade. Sie ließ sich von mir nur einen kleinen Spalt breit öffnen, aber meine kleine, schmale Hand passte hindurch. Ich tastete mich durch die Leinentücher bis zu einem Stollen und kratzte winzig kleine Bröckchen von einem Ende ab. Vorsichtig steckte ich meinem kleinen Bruder eins in den Mund. Er schmatzte genüsslich und war augenblicklich still! So bekam er noch einige weitere Krümel verabfolgt, bis er in seinem Gitterbett zufrieden einschlief. Die restlichen verschwanden in meinem eigenen Mund. Nicht auszudenken, wenn mein Bruder sich verschluckt hätte! Aber es ging ja alles gut, und die Eltern haben nichts von meinem Verstoß gegen die „erzgebirgischen Stollengesetze" bemerkt. Oder wollte Mutti mich nur nicht verraten und ein „Stollen-Donnerwetter" verhindern? Wie in den meisten Familien, war ja bei uns der Vater damals noch die Respektsperson und zuständig für strengere Erziehungsmaßnahmen.

Am besten schmeckte unser Stollen immer dann, wenn er langsam zur Neige ging. Da war es manchmal schon Februar oder März. Einmal hatten wir einen Stollen vergessen und erst zu Ostern in der Kommode gefunden. Das gab ein großes, freudiges „Hallo" in unserer Familie; und es kam uns so vor, als ob noch nie ein Stollen köstlicher geschmeckt hätte.

Heute kaufen wir unseren Stollen beim Bäcker oder auf dem Christmarkt. Das stellt natürlich eine große Erleichterung in all dem Weihnachtstrubel dar. Aber ein bisschen schade ist es um diese alte erzgebirgische Tradition des Stollenbacktags schon, die nun wohl langsam aussterben wird.

Als ich kürzlich in unserer Keller-Werkstatt Arbeitssachen in die alte Kommode einsortierte, stutzte ich. Irgendein Gedanke tauchte in meinem Kopf auf und wollte ans Tageslicht. Es dauerte einen Moment, aber dann hatte ich ihn: Ja, das hier war doch einmal unsere Stollen-Kommode gewesen! Ich hockte mich lächelnd auf eine alte Holzkiste, während ein kleines Stück Kindheit vor meinem inneren Auge wieder lebendig wurde. Und plötzlich kam es mir so vor, als ob dem alten Holz noch immer ein Hauch von Stollenduft entströmte.

Die schönsten Päckchen

Zu Weihnachten wünschte ich mir als Kind, genauso wie mein kleiner Bruder, möglichst viele Päckchen. Dabei kam es uns weniger darauf an, besonders viel geschenkt zu bekommen, sondern mehr darauf, viel auspacken zu dürfen. So konnten wir die Zeit der Vorfreude, der Spannung und der mehr oder weniger großen Überraschung noch ein bisschen ausdehnen, sie länger auskosten. Besonders neugierig waren wir auf Päckchen, die vom Äußeren her nichts über ihren Inhalt verrieten.

Einmal bekam ich eine ganze Reihe von kleinen Kästchen, in denen ich winzige Puppenstuben-Möbel und kleine Püppchen fand. Aber ich hatte ja gar keine Puppenstube! Schließlich wurde ich in die Zimmerecke geschickt, wo unser Weihnachtsbaum stand. Und dort entdeckte ich endlich meine Puppenstube, die Vati für mich selbst gebaut hatte. Die beiden Zimmerchen hatten sogar kleine Lichtschalter und Lampen, die mit Hilfe von Batterien an der Rückseite funktionierten. Ich freute mich natürlich sehr und fiel Vati um den Hals. Aber er wehrte verlegen lächelnd ab, genauso wie seine Schwester, meine Tante Hanni, in ähnlichen Situationen. In ihrer Familie, vielleicht sogar in ihrer ganzen Generation damals, in den ersten Jahrzehnten des 20. Jahrhunderts, waren Zärtlichkeiten wohl weniger üblich.

Wenn wir den größten Teil unserer Päckchen ausgepackt hatten, sah es in der kleinen Stube wie nach einer Papier- und Bänderschlacht aus. Aber alles einfach im Müll oder in der Papiertonne zu entsorgen, war damals undenkbar. Mutti hatte schon angefangen, das noch nicht zerfetzte Geschenkpapier sorgfältig glatt zu streichen und zusammenzufalten, um es im Kleiderschrank für das nächste Jahr aufzubewahren. Besonders mit leuchtend buntem, glitzerndem Papier aus dem „Westen" nahmen wir uns sehr in Acht und benutzten auch kleinste Stückchen noch zum Basteln. Wenn Oma von ihren Brüdern aus Westberlin oder dem Rheinland ein Weihnachtspaket erhielt, freuten wir uns immer, dass der ganze Karton mit buntem Papier ausgekleidet war und sogar noch eine Extra-Lage ganz oben den Abschluss bildete. So konnte Oma nicht nur die Schokolade, sondern auch das Glitzerpapier gerecht unter ihren „Ost-Enkeln" aufteilen.

Die Schleifenbänder sammelte Mutti in einem Beutel. Die würden wir nach dem Fest ordentlich glatt bügeln und weiterverwenden. Ja, das Wort „recyceln" kannten wir damals zwar noch nicht, aber wir taten es einfach!

Doch zwei viereckige, sich hart anfühlende Päckchen waren immer noch übrig. Ich hatte sie mir absichtlich bis zum Schluss aufgehoben, denn darin vermutete ich die für mich interessantesten und fesselndsten Gegenstände der Welt: Bücher! Im jüngeren Schulalter bekam ich oft die kleinen *Trompeter-Bücher*, wie zum Beispiel „Bootsmann auf der Scholle" von Benno Pludra, oder aus der *Robinson-Reihe* „Heitere Mathematik". Ich sollte nicht nur lesen, sondern auch etwas Nützliches dabei lernen, meinten meine Eltern. Aber damals war ich gar nicht traurig darüber, denn Mathe machte mir tatsächlich Spaß.

Als ich dann etwas älter war, so zwölf oder dreizehn, freute ich mich mehr über *richtige* Literatur. Einmal bekam ich zwei Bände von Theodor Storms Novellen geschenkt, die ich förmlich verschlang. Von da an las ich lieber einiges aus Vatis Bücherschrank als Kinder- und Jugendliteratur.

Auch mein Vater bekam zu Weihnachten meist Bücher geschenkt. Ich erinnere mich beispielsweise an Dieter Nolls „Die Abenteuer des Werner Holt". Als ich mich lebhaft dafür interessierte, meinte Vater, dass es besser für mich wäre, mit dem Lesen dieses Buches noch ein paar Jahre zu warten. Sonst waren seine Ratschläge für mich als sehr folgsame Tochter eher Befehle, die ich zuverlässig befolgte. Aber diesmal war es anders. Ich wusste sofort, was mein Ziel in den restlichen Weihnachtsferien sein würde. Und so nutzte ich jede freie, unbeobachtete Minute, um wenigstens ein paar Zeilen in diesem Buch zu lesen. Manchmal war es nur die Zeit, in der Mutti ein kleines Schwätzchen mit der Nachbarin hielt oder Kartoffeln aus dem Keller holte. Vater war ja wieder auf Arbeit. Sobald ich ein verdächtiges Geräusch hörte, war das Buch wieder ordentlich im Regal verschwunden und ich mit etwas anderem „ganz intensiv" beschäftigt.

Auf diese Weise habe ich es tatsächlich in den Weihnachtsferien geschafft, den ganzen Roman zu lesen. Auf diesen kleinen Triumph war ich sehr stolz. Nur schade, dass ich davon höchstens meiner Freundin erzählen konnte. Von den ruhelosen Nächten und angsterfüllten Träumen berichtete ich jedoch niemandem. Denn natürlich hatte Vater wieder einmal recht gehabt mit seinem Rat, dieses Buch erst später zu lesen. Aber damals wusste ich noch nicht, dass eben alles seine Zeit hat.

Unser Weihnachtsbaum

Ich muss damals elf oder zwölf Jahre alt gewesen sein, und wir wohnten noch auf dem Bertholdsweg in der Freiberger Bahnhofsvorstadt. In jenem Jahr hatten wir kurz vor Weihnachten auf dem nahegelegenen Rossplatz einen besonders schönen Baum erstanden. Er war zwar etwas groß für unser winziges Wohnzimmer, aber Vati würde ja sowieso die unteren Äste absägen, und so hätten wir gleich Zweige für einen frischen Adventsstrauß und zum Verzieren der Geschenkpäckchen. Mein jüngerer Bruder und ich trugen die wunderschön gewachsene Fichte stolz nach Hause in den Wannenkeller, wo die Zink- und Holzwannen für die große Wäsche von allen Familien aus dem Haus aufbewahrt wurden. Hier war es schön kühl, der perfekte Ort für unseren Baum, um auf seine große Stunde zu warten.

In all dem Trubel mit Plätzchen backen, basteln und Päckchen packen war der Heilige Abend im Nu heran. Vati hatte die Fichte schon am frühen Vormittag im Keller zurechtgesägt und in den alten, grünen Eisenständer eingespannt, der noch aus dem Haushalt seiner Eltern stammen musste. Diesmal brauchten keine unten abgeschnittenen Äste versetzt zu werden, wozu man mittels Handleier kleine Löcher in den stellenweise etwas kahlen Stamm bohrte und die Ersatzzweige mit etwas Duosan-Kleber und viel Geschick darin befestigte. Unser Baum war einfach perfekt! Dann wäre es eigentlich an der Zeit gewesen, die silbrigen Metall-

Kerzenhalter an die Zweige zu klemmen, damit sie die üblichen Wachskerzen trügen. Diese hatten bisher in jedem Jahr nach dem Anzünden, zusammen mit dem harzigen Fichtengeruch, für den so typischen Weihnachtsduft gesorgt. Allerdings waren die brennenden Kerzen stets mit etwas Sorge und Aufregung verbunden. Die ersten „Geschenke", die unter dem Weihnachtsbaum landeten, waren deshalb immer unser weiß emaillierter Milchkrug und ein großer Eimer, beide randvoll mit Wasser gefüllt. Nur so, für alle Fälle. Zum Glück hatten wir beides bisher nie gebraucht, aber mein Bruder und ich trällerten voller Begeisterung eine damals bekannte Liedstrophe:

„Erst wenn alle Kerzen leuchten, freut sich die Familie sehr.
Und wenn die Gardinen brennen, kommt die Feuerwehr!"

Doch diesmal war alles anders. Vati machte ein geheimnisvolles Gesicht, öffnete die beiden runden Schlösser seiner etwas abgewetzten braunen Aktentasche und holte eine große, längliche Schachtel heraus. Darin lag eine ganze Reihe von walzenförmigen, weißen Dingern, die alle an einem langen, grünen Draht hingen. Sollten das etwa Kerzen sein?! Ich war entsetzt. *Na, erst mal abwarten*, dachte ich mir. Meine Bedenken laut zu äußern, traute ich mich nicht. Womöglich wäre das nicht so gut für unseren Weihnachtsfrieden gewesen. Nach langem Hin und Her und Muttis vorsichtigen Ratschlägen waren endlich diese Kunstkerzen einigermaßen gerade an den Zweigen befestigt.

Nun durften mein Bruder und ich beim Schmücken helfen. Zunächst hängten wir die silberglänzenden Kugeln und Glöckchen auf, alle ganz schlicht ohne jegliche Verzierungen. Überhaupt unterschied sich unser Baum von den meisten anderen bei uns im Haus und bei Freunden. Er kannte außer seiner grünen Farbe nur noch Silber, Weiß und das Gelb des Kerzenlichts. Irgendwelchen bunten Schmuck gab es bei uns nicht. Nun kamen, nach den zarten Kugeln und Glöckchen, viele weiße Sterne an die Reihe. Wir hatten sie in so mancher abendlichen Bastelstunde aus Papierstreifen selbst gefaltet und waren stolz darauf. Ein besonders schöner, großer Stern krönte die Baumspitze.

Zum Schluss verteilten wir ganz vorsichtig die Silberfäden, das Lametta, in kleinen Bündeln auf den Zweigen. Das muss noch „Friedensware" von Oma gewesen sein, die früher mit der ganzen Familie meines Vaters „Vor dem Meißner Tor" gewohnt hatte. Friedensware nannte man all das, was schon vor dem Zweiten Weltkrieg hergestellt worden war, und dem eine bessere Qualität zugeschrieben wurde. Diese alten Lametta-Fäden hingen so schön glatt und schwer wie kleine, silbrige Wasserfälle herab. Solche waren damals in keinem Geschäft unserer Stadt zu bekommen.

Als dann am Nachmittag die Kerzen mit dem vielen Silberglanz um die Wette leuchteten, dachte ich gar nicht mehr daran, dass es keine echten waren. Unser Weihnachtsbaum strahlte so viel schlichte, erhabene Festlichkeit und Schönheit aus, dass mein Herz vor Freude ganz laut und schnell schlug. Und eigenartig: Genauso ging es mir in jenem Jahr während der ganzen weiteren Weihnachtszeit. Manchmal, wenn ich allein im Zimmer war, stand ich ganz andächtig am Türrahmen und versuchte, mir diese wundersame Einheit von Glanz und Natürlichkeit einzuprägen; dieses ganz besondere, strahlende Bild nicht wieder zu verlieren.

Mit Bangen bemerkte ich schließlich, wie der Nadelteppich unter dem Bäumchen von Tag zu Tag etwas dichter wurde. Die Eltern schienen meinen Kummer bemerkt zu haben und versprachen, unseren Weihnachtsbaum zumindest bis ins neue Jahr hinein stehen zu lassen. Als diese Gnadenfrist schließlich vorbei war, musste mein Bruder allein beim Abputzen des Bäumchens helfen.

Ich hätte vor lauter Tränen sowieso kein Glöckchen in den Karton legen können.

In jenen Kindertagen habe ich zwei wichtige Dinge gelernt: dass alles Schöne vergänglich und nicht mit Macht festzuhalten ist; zum Glück aber auch, dass ich es als kostbaren Schatz in meiner Erinnerung aufbewahren kann.

Vom Heiligen Christ mit „Muh" und „Mäh"

Endlich waren wir mit allen Vorbereitungen fertig. Die selbst bestickten Weihnachtsdeckchen zierten, frisch gestärkt und gebügelt, Tische und Schränkchen und brachten die kleine Engelkapelle und all die anderen erzgebirgischen Holzfiguren noch besser zur Geltung. Natürlich durfte auch die von Vati selbst gebaute Pyramide nicht fehlen. Sie sah nun auf dem Esstisch, mit neuen Kerzen bestückt, ihren ersten Runden in diesem Jahr entgegen. Jetzt konnte der erste Adventssonntag kommen.

Ungeduldig wartete ich als kleines Mädchen darauf, dass das Kaffeetrinken endlich vorüber war, obwohl es eine Kostprobe unserer frisch gebackenen Plätzchen gab. Denn wenn der Tisch abgeräumt war und alle Kerzen brannten, wurde das ungemütliche Licht der Deckenlampe ausgeschaltet, und Vati holte sein Schifferklavier oder die Gitarre hervor. Das Begleiten von Liedern hatte er sich irgendwann einmal selbst beigebracht. Für privaten Musikunterricht, wie wir ihn heute kennen, hätten meine Großeltern auch gar kein Geld gehabt.

Ich freute mich, dass unsere Liederstunde nun endlich begann. Wenn Vati spielte und dazu sang, bewunderte und liebte ich ihn besonders; vielleicht auch deshalb, weil er dann weniger streng auf mich wirkte. Meist sangen wir zuerst alle erzgebirgischen Lieder, die er kannte; und das war eine ganze Menge! Die Texte verstand ich nicht alle, aber sie gefielen mir sehr, weil sie in ihrer

Mundart oft lustig klangen. Sie strahlten so viel Gemütlichkeit und Geborgenheit aus, dass ich mich innerlich richtig in die anheimelnden Worte „hineinzukuscheln" versuchte. Von den meisten Liedern kannte ich mittlerweile den Refrain und schmetterte ihn begeistert in die Runde. Meine beiden Omas, die an den Adventssonntagen auch bei uns zu Besuch waren, amüsierten sich über mich. Die ostpreußische „kleine Oma" sang nie mit und blickte nur still und traurig lächelnd vor sich hin. Sie behauptete, schon seit ihrer Kindheit gar nicht singen zu können. Meine „Oma mit Brille" dagegen, die aus dem Erzgebirge stammte, kannte alle diese Lieder bis zur letzten Strophe.

Besonders gern hörte und sang ich „Wenn es Raachermannl nabelt" und natürlich „Heit ist dr Heil'ge Ohmd, ihr Leit" mit den vielen lustigen Strophen, die kein Ende zu nehmen schienen. Anschließend sangen wir noch etliche andere bekannte Weihnachtslieder. Diesmal jedoch kam ein für mich neues Lied an die Reihe: „Wenn's Weihnachten ist, dann kommt zu uns der Heilige Christ". *Hmm, wer soll denn das sein?*, überlegte ich. Aber da der Text lustig weiter ging mit: „Da bringt er eine Muh, da bringt er eine Mäh und eine große Täterätä!" dachte ich, dass es sich wohl um eine Art Weihnachtsmann handeln musste.

Zum Heiligen Abend bekam ich allerdings Probleme mit meiner Erklärung. Denn nun sangen wir auch die Lieder, die besonders diesem Tag galten. Da hieß es zum Beispiel: „Christ ist erschienen" oder „Christ, der Retter ist da". Ich kannte ja nicht einmal die Weihnachtsgeschichte! Nein, der *Heilige Christ* musste etwas anderes, viel Wichtigeres zu bedeuten haben. Schließlich sangen alle Erwachsenen am Tisch diese Lieder voller Andacht und mit ernsten Gesichtern. So nahm ich endlich, als damals sehr schüchternes Kind, all meinen Mut zusammen und fragte inmitten all der Feierlichkeit, wer denn der *Heilige Christ* sei und was er mit Weihnachten zu tun hätte. Einen Moment war es ganz still im Raum. Meine beiden Omas studierten verlegen das Muster der Tischdecke, und Mutti sah auffordernd zu Vati hinüber. Das hier fiel, wie alle wichtigen, zu klärenden Sachen, eindeutig in sein Zuständigkeitsgebiet. Doch mit so einer Frage von mir hatte er offensichtlich nicht gerechnet. Schließlich raffte er sich zu einer Antwort auf, die wohl etwas zu forsch vorgetragen ausfiel:

„Ja, also, das hängt alles mit der Kirche zusammen!"

Punkt. Was sollte ich mit dieser „Erklärung" anfangen? Aber noch einmal nachzubohren wagte ich nicht, denn ich fühlte, dass ich damit unseren Weihnachtsfrieden endgültig in Gefahr gebracht hätte. Und das wollte ich, ein sehr harmoniebedürftiges Kind, auf keinen Fall riskieren.

Heute denke ich, dass es mein Vater mit seiner Antwort gut gemeint hat und er mich vor Widersprüchen schützen wollte. Als Mitarbeiter der Stadtverwaltung blieb ihm wohl damals keine andere als eine kirchendistanzierte Haltung übrig.

Es sollte nach jenem Weihnachtsfest noch einige Jahre dauern, bis ich das erste Mal eine Kirche von innen sah. Erst nach fast drei Jahrzehnten lernte ich dann die Weihnachtsgeschichte in ihrer tiefen Bedeutung kennen und lieben. Und wieder ein Jahrzehnt später durfte ich erleben, wie unsere Tochter in einem Krippenspiel mitwirkte, das sie selbst für ihre Junge Gemeinde geschrieben hatte.

Die andere
Weihnachtsgeschichte

Jetzt ist Jetzt. Wir haben es wieder einmal gerade noch pünktlich geschafft. Aufatmend lasse ich mich in die Bank fallen und habe das Gefühl, buchstäblich neben mir zu sitzen: vorderes Seitenschiff, letzte Reihe. Ganz bewusst versuche ich, zur Ruhe zu kommen. Leises Glockenläuten wie von weiter Ferne klingt hoch über mir in die abendliche Stille. Die Orgel beginnt zu spielen, und noch immer drängen Menschen in den Dom. Als alle Kerzen auf der steinernen Brüstung der Empore festlich leuchten, zünden auch wir unser mitgebrachtes Licht an.

„Dies ist der Tag, den Gott gemacht ..." Ich singe automatisch, während ich, noch halb abwesend, die hohe, lichterglänzende Fichte und die Leute um mich herum betrachte.

Dann wird, wie in jedem Jahr, die Weihnachtsgeschichte gelesen – aber der Vortrag enttäuscht mich, denn ihm fehlt so etwas wie die Seele. Ob ich das nur allein so empfinde? Hoffentlich, denn es wäre schade für all die vielen Besucher, die nur heute den Weg hierher gefunden haben.

Doch nun trägt der junge Pfarrer eine Geschichte von Selma Lagerlöf vor: „Die Heilige Nacht". Ich lausche seiner klaren, ausdrucksstarken Stimme wie gebannt und lasse mich von seinen Worten in das Geschehen vor langer Zeit mitnehmen:

Eine Großmutter und ihre Enkelin sind in der Heiligen Nacht allein zu Hause geblieben, weil sie nicht mit in die Kirche gehen konnten. So erzählt die Großmutter dem Mädchen die Geschichte von einem jungen Vater, dessen Frau soeben ein Kind geboren hat. Voller Zuversicht macht er sich auf die Suche nach Feuer, um Frau und Kind wärmen zu können, denn sie hausen nur in einer kalten Höhle. Alle Hindernisse, die sich dem Vater in den Weg stellen, weichen in dieser Nacht aus unerklärlichen Gründen vor ihm zurück, können ihm nichts anhaben. Auch nicht die Glut des bösen, hämisch lachenden alten Hirten, die er mit bloßen Händen in seinen Mantel legt, weil er nichts anderes bei sich hat. Dieses Wunder beeindruckt sogar den menschenfeindlichen Alten, der dem jungen Vater daraufhin neugierig zu dessen Höhle folgt. Und beim Anblick des schutzlosen kleinen Kindes werden sogar ihm schließlich Augen und Herz für die Wunder Gottes in unserer Welt geöffnet.

Diese Weihnachtsgeschichte rührt nicht nur Großmutters Enkelin an, sondern auch mich. Ganz langsam komme ich wieder in das Heute zurück. Ich hole tief Luft und richte mich auf. Vor lauter Spannung muss ich wohl förmlich den Atem angehalten haben.

Plötzlich wird mir bewusst, wie unwichtig meine ganze vorweihnachtliche Hektik gewesen ist. Bis auf die letzte Minute hatte ich im Haus herumgewuselt, damit auch ja alles perfekt wäre. Was Jesus wohl dazu sagen würde? Beinahe wären wir durch mein Verhalten noch zu spät zur Christvesper gekommen! Schuldbewusst senke ich meinen Blick.

Aber jetzt ist Jetzt. Ich singe mit all den anderen Menschen um mich herum das Lied von der „Stillen Nacht", auch wenn der Lichterbaum vor meinen Augen verschwimmt und manche Töne in meiner Kehle steckenbleiben.

Der Tag vor Heiligabend

Weiße Weihnacht – ein Traum, der in jenem Jahr zum Albtraum zu werden drohte. Schon in der Morgendämmerung hatten wir Berge von Schnee geschippt, und noch immer war kein Ende abzusehen. So weiß musste Weihnachten ja nun auch wieder nicht sein! Ich hatte mich am Vormittag angesichts der drohenden Feiertags-Hungerkatastrophe auf Nahrungssuche durch diverse Supermärkte und kleinere Läden gekämpft, meinen alten Fiesta x-mal aus dem Schnee gebuddelt und war nach einer Rutschpartie den Berg hinunter wider Erwarten doch noch glücklich zu Hause angekommen.

Und nun waren wir schon wieder eingeschneit. Wir schaufelten und schaufelten wie zwei Ameisen in der Schneewüste. Auf einmal hörte ich ein dumpfes Krachen, dann ein paar laute, nicht ganz druckreife Ausrufe – aha, die Schippe meines lieben Mannes hatte es infolge überschüssiger Kräfte entschärft. Ich durfte meine an ihn abgeben und musste mich nun mit der Kinderschaufel abquälen.

Als wir fertig waren – es schneite übrigens immer noch –, wollte mein Karl-Otto einen heißen Tee. Doch in diesem Moment klingelte das Telefon: unsere Nachbarn. Jetzt und auf der Stelle sollte auf ihrem Grundstück unser Weihnachtsbaum gefällt werden, und sie bestanden darauf, dass Karl-Otto bei diesem Ereignis assistierte. Es wurde also nichts mit heißem Tee. Mein

Mann verdrehte die Augen angesichts seines verhassten Weihnachtsbaumschicksals und trabte ergeben los.

Ich meinerseits rannte zwischen Waschmaschine im Keller und Küche hin und her, denn Wäsche und Nusskekse mussten auch noch fertig werden. Nach einiger Zeit hörte ich hinter dem Haus schleifende Geräusche und ungeduldige Rufe nach mir. Aha, der Weihnachtsbaum war eingetroffen. Schicksal, nimm deinen Lauf.

Verbissen wurde an der guten Edeltanne herumgesägt, aber sie passte trotzdem nicht in den Ständer. Vorsichtshalber verzog ich mich wieder in meine Küche und rollte den Plätzchenteig aus. Plötzlich klingelte es an der Haustür. Ich ließ alles stehen und liegen und rannte los. Karl-Ottos Chef wollte für den Auftritt vor seinen Enkeln unser Weihnachtsmannkostüm ausleihen, das mit der schrecklichen Maske und dem fussligen Wattebart. Arme Kinderchen.

Als ich in die Küche zurückkam, war Max, unser schwarzer Kater, gerade beim „Plätzchenausstechen". Zwei Pfotenabdrücke zierten meinen Teig, und es schien auch eine Ecke zu fehlen. Wutentbrannt fuhr ich auf ihn los, aber Max war schneller. Er verzog sich im Wohnzimmer unter das Sofa und leckte sich genüsslich das Mäulchen.

Und wieder klingelte es. Karl-Ottos Chef war nicht weit gekommen, sondern am nahen Feldrand mit seinem teuren Wagen in den Graben gerutscht. Also ließ mein Mann den Baum fallen und hastete los, um erste Hilfe zu leisten. Seinem Chef soll man schließlich nichts abschlagen. Als das Gefährt dank eines Kraftaktes der versammelten Nachbarschaft wieder flott war, wurde es langsam dunkel.

Es schneite und stürmte immer noch. Karl-Otto wollte nur noch schnell den Baum samt Ständer ins Haus transportieren, dann sollte es endlich unseren heißen Tee geben. Aber da schrillte wieder das Telefon, fordernd und ungeduldig. Unser liebes Kind vermeldete, dass es später käme und vom Zug abgeholt zu werden wünsche. Ich hob entsetzt die Hände und versprach angesichts unserer Winterkatastrophe, ein Taxi zu bezahlen.

Als ich anschließend nochmals schnell in den Keller lief, hörte ich von der Diele her eigenartig schlurfende, dann scheppernde Laute. Auf der Kellertreppe kullerten mir Teile unseres Engels, Tannenzweige und ein Seiffener Nussknacker entgegen. Mein Mann hielt schimpfend den Baum, der nicht durch die Wohnzimmertür passte, in der ausgestreckten Hand. *Fast wie ein Weihnachtsengel,* dachte ich noch amüsiert, verkniff mir aber jeden Kommentar. Dann ging das Licht aus, und wir standen beide im Dunkeln. Unsere ganze Straße war duster, wahrscheinlich wieder einmal ein Sturmschaden.

Ich beschwichtigte mein liebes „Rumpelstilzchen", tastete nach Kerzen und Streichhölzern, rannte nach Taschenlampen und mir am Türpfosten den Kopf ein. Dann saßen wir endlich bei unserem Tee, der inzwischen gerade noch lauwarm war. Ihn aufzuwärmen, war nicht möglich, neuen zu kochen auch nicht, und langsam wurde die Heizung kalt. Wie lange der Strom wohl wegbleiben würde?

„Siehst du, wir hätten uns eben doch ein Notstromaggregat kaufen sollen!", sagte ich.

„So ein Quatsch, für das eine Mal im Jahr!", antwortete mein Mann empört.

„Ja, wenn wir aber nun über Weihnachten im Dunkeln sitzen, frieren und Tiefkühlkost lutschen müssen?!"

Nach zwei Stunden donnerte es an der Haustür. Der Weihnachtsmann? Nein, unser Kind! Nur mühsam erkannten wir unsere Tochter unter der dicken Schneekruste. Sie musste von der Stadt bis hier heraus durch den Schnee stapfen, weil kein Bus mehr fuhr und auch kein Taxi kam. Und jetzt sollte es auf der Stelle etwas Warmes zu essen geben! Auch das noch. Was nun?

Könnte es denn nicht *ein* kleines Vorweihnachtswunder für uns geben? Nur dieses eine Mal? Wenn Jesus Wasser in Wein verwandeln kann, könnte er dann nicht auch unser Chaos lichten? Ich dachte an einen Vers aus der Bibel, in dem es sinngemäß heißt: *Wenn ich auch im Dunkeln sitze, so ist doch der Herr mein Licht.* Ich schickte ein Stoßgebet zum Himmel – und konnte es kaum glauben: Das Wunder geschah. In diesem Moment ging das Licht wieder an!

Plötzlich passte auch der Baum durch die Tür, das Kind raffte sich zu einem Lächeln auf, ich schaltete schnell den Wasserkocher und die Herdplatte an und deckte den Tisch. Und Kater Max? Der hatte die Gunst der dunklen Stunde genutzt und verschwand blitzschnell mit einem Stück Wurst unterm Sofa. Na dann: Fröhliche Weihnachten!

Weihnachtskonzert in der Betstube von „Alt Elisabeth"

Lichterschein vom alten Schacht
draußen vor der Stadt
lockt zur Weihnacht Menschen an,
altes Jahr wird matt.

Drinnen Kerzen auf Gestein,
feierlich der Raum.
Engel, Bergmann handgeschnitzt:
Glanz vorm Fichtenbaum.

Und im schimmernd warmen Licht
träum ich mich zurück.
Bei der Orgel Silberton
lebt im Augenblick

vorn der Bergmann, sitzt vor mir
auf der schmalen Bank.
Urgroßvater betet leis:
Für das Licht sei Dank.

Seine Kleider dünn, gestopft,
der Wochenlohn ein Nichts,
erwartet täglich betend er
die Wiederkehr des Lichts.

Und der Engel streift geschwind
seine Flügel ab:
Urgroßmutter steht am Herd.
Brot und Mehl sind knapp.

Der Henkelkrug, zerbeult und alt,
mit Augen, rostig-rot,
steht werktags hier am Ofensims,
des Mannes Mittagbrot.

Die „Stille Nacht" holt mich zurück
ins Heut. Geschichte nur,
was ich soeben hab geträumt
auf Urgroßvaters Spur.

Ein großes Dankeschön

an Euch, meine beiden Lieblingsmenschen, für dieses ganz besondere Geburtstagsgeschenk!

Danke an Verena für die einfühlsamen Illustrationen und das ideenreiche Lektorat; an Uwe für das originelle Cover, die sorgfältige Buchgestaltung und vor allem für die erfüllte, gemeinsame Zeit, aus der wir im Laufe der Jahre unseren wärmenden „Schal" stricken durften.

Über die Autorin

Rosemarie Keil
wurde 1951 in Freiberg geboren und kehrte
wieder in ihre Heimatstadt zurück. Sie ist ver-
heiratet und hat eine Tochter. In ihrem Be-
rufsleben war sie u. a. als Lehrerin und Ange-
stellte einer Krankenkasse tätig. Jetzt ist sie im
Ruhestand und widmet sich ihrem Hobby, dem Schreiben.
Bisherige Veröffentlichungen sind die Bücher „Ende eines Sommers, Abschied von Ostpreußen" (Reiseerzählung, Peter Segler
Verlag 2003), „Fremde Heimat Ostpreußen, Spurensuche und Begegnungen" (Erzählung, Laumann-Verlag 2015), „Jodegliemen –
Moosheim, Chronik eines ostpreußischen Dorfes" (Mitautorin
Marthina Klüppelberg; Verlag Tredition 2017) und „Der beson-
dere Weihnachtswunsch – Eine Erzählung aus dem Erzgebirge"
(Verlag Tredition 2018). Weiterhin erschienen Kurzgeschichten
und Gedichte in verschiedenen Anthologien und Zeitschriften.

Rosemarie Keil
Ich strick mir einen Schal aus Zeit
Geschichten und Erinnerungen
© Rosemarie Keil 2021

Lektorat: Verena Keil
Umschlaggestaltung: Falk-Uwe Keil
Foto: www.pexels.com
Illustrationen: Verena Keil
Satz: Falk-Uwe Keil

Verlag & Druck: tredition GmbH,
Halenreie 40 – 44, 22359 Hamburg
www.tredition.de

ISBN Paperback: 978-3-347-07309-8
ISBN Hardcover: 978-3-347-07310-4
ISBN e-Book: 978-3-347-07311-1

Bibliografische Information der Deutschen Nationalbibliothek:
Die Deutsche Nationalbibliothek verzeichnet diese Publikation
in der Deutschen Nationalbibliografie;
detaillierte bibliografische Daten sind im Internet über
http://dnb.d-nb.de abrufbar.

Zeitfracht Medien GmbH
Ferdinand-Jühlke-Straße 7
99095 Erfurt, Deutschland
produktsicherheit@kolibri360.de